U0017916

金庸的武林2

流轉江湖

金庸奇俠的異想世界

楊照 著

知音推薦

詩，可以興，觀，群，怨，多識於鳥獸草木之名；讀金庸小說也可以的。年輕時，它甚至是我的交友寶典，辨識人格、性情，確認「理想型」男友的測驗題庫。重讀金庸，似乎隨時隨地，可從任一冊、任一段落開始。但是楊照的重讀金庸，是沿著著作的時間軸，有脈絡的，慢讀金庸。對於江湖新鮮人，這是一部極好的金庸導讀；而對於早已熟讀金庸者，更是一部可默默與之對話、切磋，不時擊節，啊，茅塞頓開！或很想要擊掌的知音之書。

——作家 **宇文正**

金庸百年，江湖再現。楊照新著重讀金庸武俠作品，不忘回首青少年時快速、隨意的亂翻書，此際更現身說法，逐章示範如何平心靜氣讀金庸——全面、系統、反思、比較式的細察慢讀。作者融會貫通文本分析，歷史地理，人物傳記，報業傳奇，影視改編，考據評論。在儼然構架、精妙文字中，全書再訪江湖武林，細說人情世故，辨析敘事譜系，探詢經典形成。在喧嘩巨變的時代，楊照招魂那位講故事的人，重整金庸筆下的山河歲月。

——學者、美國羅格斯大學亞洲語言文化系 **宋偉杰**

什麼叫俠？「群」、「我」之辨。

那些為了自身武功、地位、名聲、財富而去騙、爭、搶、奪的人，不俠。

蕭峯願以一人之死換取眾人之生，這般決斷叫「俠」。

郭靖畢竟為堅守襄陽而死，這回終局叫「俠」。

張無忌為調解明教與各派舊隙，將殺親之仇撇到一旁，這個判別叫「俠」。

令狐冲對尼姑避之唯恐不及，卻能在困難中扛起恆山掌門，這樣挺身叫「俠」。

韋小寶明辨小玄子能行王道，能為群體謀福，這片認知叫「俠」。

謝遜、鳩摩智、金輪法王終究覺醒悔改，這場徹悟叫「俠」。

楊照老師傳遞俠情，這套書寫叫「俠」。

——相聲瓦舍創辦人 **馮翊綱**

序言　真正「讀」金庸小說

書寫《金庸的武林》這套書時，我一直在心中擺放一個從讀者角度合理的質疑：金庸的小說需要解讀嗎？有誰不知道金庸武俠小說？更重要的，任何想要讀金庸小說、讀了金庸小說的人，會覺得自己讀不懂、讀不夠，因而需要別人來多囉嗦解釋說明嗎？

回應這個問題，我給自己一個嚴格的標準，源自於一項簡單的事實，以及要給讀者的一個簡單的提醒。簡單的事實是：「金庸寫的是小說。」給讀者的簡單提醒是：「你有沒有讀過金庸小說？讀過就是讀過，沒讀過就是沒讀過。」

好吧，我承認這兩句聽起來都像廢話，但還真不是。容我解釋：第二句主要針對金庸小說太成功帶來的特殊情況，很多人接觸金庸，自認為知道金庸、瞭解金庸、甚至熱衷於對金庸作品侃侃而談，但實際上從來沒有讀過文字版的金庸小說。

他們的認識、印象，都來自影視改編作品。

據統計，從金庸武俠小說問世以來，至今有了八十一部改編電影，另外還有至少八十五部電視劇，將近一百六十部的改編漫畫，甚至還有黃輔棠老師改編的《神鵰俠侶交響樂》。

我要強調的是，影視改編非但不等於金庸武俠小說，而且往往嚴重阻礙了人們真正去體會、欣賞金庸小說的成就。這不牽涉到如何進行影視改編，影視劇有多忠實於金庸原著，演員選得好不好、演得好不好，或用什麼方式設計鏡頭、畫面呈現等等。而是更根本的，歸結到文字刻劃描述虛構的人物情節，與影視再現形式間的必然、無可彌縫的巨大落差。

由此連結到那簡單的事實，金庸寫的，真正的金庸作品是用文字寫成的小說。要談論金庸、要評價金庸，我們必須正視、回歸、聚焦到這個事實原點，看看金庸究竟寫了什麼樣的小說——從小說、尤其是類型小說的基本性質上看，他怎麼寫，又寫到了什麼等級、什麼狀態。

要在這個理路上，我的解讀才能成立。我是一個寫小說的人，當然更是一個長期幾十年未中斷不懈地讀小說的人，而且至少有三十年時間，我努力打造自己分析、解釋小說的能力，在不同的場合、不同的課堂上，分析、解釋過各種不同的小說。

小說大概是人間最被誤解的一樣東西。寫小說牽涉到許多技法、設計、思考，如此艱難，然而大部分讀者卻完全無感、無視於小說的道理，將小說視為很簡單，人人能讀也似乎人人能寫。

容我舉兩個例子說明小說之艱難。我的老友，專業的讀書人、寫作者，博聞強記而且總不憚於挑戰難寫題材的唐諾，當年先舉重若輕地寫了《文字的故事》，之後又舉重若重地寫了沉甸甸分量的《閱讀的故事》，本來他設定的，接著要寫《小說的故事》。然而遍查唐諾的著作書目，你找不到叫做《小說的故事》這本書。你會查到的，是他在出版《閱讀的故事》之後，寫了《讀者時代》、《在咖啡館遇到十四個作家》、《世間的名字》、《盡頭》等書。而依照唐諾自己的告白，他寫不出預定的那本《小說的故事》，而將原本該寫入《小說的故事》裡的許多內容，散放到後來的這幾本書中。

也就是《讀者時代》到《盡頭》這幾本書，都可以算是《小說的故事》的副產品，然而終究計畫中那本直指小說本質，一本到位告訴我們小說是什麼的著作，先是難產，後來被放棄了。

這也是唐諾的自我告白：寫不出《小說的故事》最主要的理由，是小說似乎有一種拒絕被歸納、被描述的個性，每當筆下用全稱方式訴說小說如何如何，熟讀太多小說的唐諾馬上在心中想起了例外，某一本好小說就不是如此的。小說抗拒所有的規律、規則。

另一個例子來自傑出的小說家米蘭・昆德拉。他用對比的方式呈現小說的特性，站在小說與小說家對面的是那種人，「他們相信真理是清晰的，他們相信所有人的想法都應該相同，他們相信自己和心裡所想的自己一模一樣。然而人之所以成為個人，恰恰是因為他失去了對於真理的確信以及其他人的一致共識。小說，是屬於個人的想像天堂，沒有人是真理的占有者……」（《小說的藝術》〈耶路撒冷演講：小說與歐洲〉）

因為金庸的作品好讀，甚至容易讓人沉迷，於是很多人從閱讀經驗不經思考反推，以為這樣的小說也就很好寫。絕對不是如此。二〇一八年金庸去世後所開啟的重讀旅程中，我不斷自覺地從小說如同走迷宮、或是如同創造迷宮的複雜技藝本位立場，檢驗金庸到底寫了什麼樣的小說。

容我毫不誇張地說：金庸寫了絕對上乘的小說傑作，將這樣的小說單純當作影視劇的故事腳本，實在太浪費了。只是要拍影視劇，說真的，不需要像金庸那麼好的小說拿來當基底。而金庸小說成就之高，一部分正因為他創意運作的空間，比一般小說作者要來得小，他寫的是類型小說，必須照顧類型規則，還要符合類型小說的內在精神。金庸沒有放掉種種武功打鬥熱鬧奇想描述，沒有違背由門派構成的武林邏輯，而且還忠於「俠」的價值觀信念。在如此層層限制下，金庸服膺唐諾和昆德拉所揭示的小說根本追求，寫出了不落入任何俗套中，不斷開發例外的小說；寫出了讓人看得眼花繚亂的各種複雜想法，人與人之間介於真實與虛幻的曖昧情感。這裡沒有簡單的真理，只有不斷刺激讀者去思考、去感受角色的個別處境、個別經驗。

希望這樣的時代終將來臨——大家願意拋開那些影劇改編，回歸金庸的文本，真正讀金庸小說，尊重地探索其中小說藝術的高段演示。

《流轉江湖》接續前一本《曾經江湖》，依照金庸創作時間順序，解讀《倚天屠龍記》、《雪山飛狐》、《飛狐外傳》、《白馬嘯西風》、《連城訣》諸作品，然後將金庸小說放回到「俠」的傳統中，進行了詳盡完整的歷史考察比對。

張無忌治雜症

———《倚天屠龍記》

目錄

‧—第六章—

俠　想像一個另類世界

第一章

《倚天屠龍記》
悠長的大佈局

01 所有線索，只為「六大派圍攻光明頂」

《射鵰英雄傳》、《神鵰俠侶》和《倚天屠龍記》是三部曲。不過這三部曲的關連性並不平衡，《射鵰英雄傳》和《神鵰俠侶》密切相連，到了《倚天屠龍記》，情況變得不一樣了。

《倚天屠龍記》開篇藉由郭襄這個角色，和《神鵰俠侶》的結尾串在一起。郭襄因思念楊過，在江湖上隻身漫遊，一日來到少林寺想要拜訪楊過的故友，才帶出了小說另一個重要角色——張君寶（即張三手）。故事開場之際，張君寶還是個少年，等到主角張無忌真正施展身手的時候，太師父張三手已經是個老人了。這意味著小說做了時空跳躍，而且一下跳了幾十年。郭靖、黃蓉早已身殉襄陽，宋朝滅亡，再跳躍到元朝末年。

所以就故事情節與時代背景，《倚天屠龍記》和《射鵰英雄傳》、《神鵰俠侶》沒這麼緊密連結。更重要的是，金庸又有了不一樣的寫法。

《倚天屠龍記》有一個基本主軸，寫的是張無忌如何成為江湖領袖的成長史。除此之外，讀者要注意、追究的是，《倚天屠龍記》有著《射鵰英雄傳》、《神鵰俠侶》都沒有的一個非常龐大的佈局。龐大到什麼程度呢？幾乎佔據了小說的前半部。

從張三手和武當派開始，接下來寫張翠山，寫天鷹教和殷素素，寫金毛獅王謝遜，場景一下子拉到海外。此時張無忌一點影子都沒有，因為他還沒出生。小說已經過了八分之一。

好容易張無忌在冰火島上出生，一直到他十歲時，才跟著張翠山和殷素素返回中土。緊接著江湖人士接連逼問金毛獅王下落，俞岱巖受傷之謎揭破，張、殷二人為此雙雙殞命，整個故事的牽動仍然跟這個十歲孩子沒有直接關係。這時張無忌中了陰毒的玄冥神掌，變成一個身帶重病的小孩，後來才跟著蝶谷醫仙胡青牛學習醫術。這時小說早已過了四分之一。

如果讀者一開始就知道張無忌是主角，讀到這裡應該會很奇怪，覺得是不是金庸之前還沒決定要寫什麼故事？其實剛好相反。這部小說最驚人的就是金庸的佈局，這漫長的前半部篇幅，都是為了小說中段的一大高潮做鋪陳，那就是——六大派圍攻光明頂。故事為什麼要扯那麼遠？就是為了解釋「六大派圍攻光明頂，卻被張無忌給化解了」這個非常關鍵，卻一點也不正常、不自然的情節段落。

首先，必須要有來龍去脈的解釋。這六大門派怎麼會結合在一起，一致去對付明教呢？其次，還要解釋，六大門派不是正派嗎？為什麼主角張無忌是站在六大派的對立面，即魔教那一邊呢？

要讓張無忌站在明教那一邊，打敗六大門派高手，就意味著「六大派圍攻光明頂」這件事，錯的應該是名門正派這一邊，不然主角張無忌就是個讀者要批判痛恨的負面角色了。真相是，六大門派與明教之間發生了許多誤會，讓他們以為自己圍剿明教是在懲惡立威、替天行道。因此，小說必須解釋，這個龐大的誤會是如何產生的？於是故事非拉遠不可，要從金毛獅王謝遜的濫殺引起武林公憤，再往前追溯，曾經興盛一時的明教，在教主陽頂天失蹤（這也是個謎）之後發生了什麼事？為什麼「明教」會被視為「魔教」，以至於讓正派人士覺得，為了江湖的安寧，非得盡一切力量把明教給除掉不可？

還有一件事很難處理，那就是張無忌的來歷。武俠小說雖然是虛構的，可以天馬行空，但還是要讓讀者覺得，這樣的情節既是合理的，又具有戲劇衝擊性。這一邊是少林、武當、峨嵋、華山、崑崙、崆峒等名門大派，門下可說高手如雲，偏偏另一邊魔教的重要人物都受了傷，只剩下早已離教的白眉鷹王在苦苦支撐，最後卻靠一個名不見經傳的年輕人一舉擊退六大派好手。這人是怎麼冒出來的？又怎麼會有這樣的身手？

張無忌必須要有一個來歷，而且他的來歷一環扣著一環，最後要能解釋得通。《倚天屠龍記》敘事的厲害之處在於，雖然以張無忌一人之力對抗六大門派，看似不可思議，但他是用什麼樣的功夫對付這些門派，同時在他之前的生命歷程裡，和這些對戰的強敵有著什麼樣的淵源，金庸全都有所本，寫來極具說服力。

正因為「六大派圍攻光明頂」凝聚了所有能量，《倚天屠龍記》幾乎用了整個前半部篇幅、幾十個線索，環環相扣，結在一起，才有辦法讓正、魔兩大陣營的對立衝突事件，以及它最後的結果，讀來如此蕩氣迴腸。

《倚天屠龍記》是以連載形式寫成的，這就更不可思議了。我在《曾經江湖》中解釋過連載小說的特性，沒有人會在讀連載小說的時候去讀它的佈局。每天連載就只有那麼一小段，看完了這一段，明天看的時候，只需要記得昨天的那一段就好，你不會去翻一個禮拜前的報紙，更不會特意把一整個月的內容通通都記住。可是金庸寫《倚天屠龍記》，不要說一個月前，甚至七八個月前寫了什麼，線索都是一路貫穿下來的。

多麼不可思議，多麼讓人敬佩！身為讀者，我們只能想像，金庸動筆在稿紙上寫下「倚天屠龍記」五個字時，他就已經想好了一切。

金庸清楚知道這部小說不會短，因為《射鵰英雄傳》、《神鵰俠侶》各自都有將近百萬字，作為第三部曲，他明白很可能又要寫一百萬字。一百萬字換算成連載的時間，那是要超過兩年的。當他寫下郭襄巧遇覺遠、張君寶師徒這一段的時候，或許就想定了六大門派與魔教的這場重要對抗，因為所有事情幾乎都是連鎖反應，緊密地連繫在一起。

從武當派俞岱巖身受重傷，到張翠山為了追查真相，和天鷹教殷素素一起被金毛獅王謝遜帶到了海上，又漂流到孤島，一待就是十年。只有在孤島的環境，張、殷二人的婚姻才有可能；同時，金毛獅王從武林徹底消失的這十年，為了追究他的下落，為了找尋屠龍寶刀，這些所謂「正派」的江湖人士得以團結起來，一齊到武當山興師問罪。張無忌因此失去了雙親，後來為了治傷，終於踏上歷劫、奇遇的成長之路。

在《倚天屠龍記》裡，每件事情獨立來看，都有其戲劇性，可是沒有任何一件事情是孤立的、和前後無關的。任何一段如果消失了，或者如果不這樣寫，後面就沒有辦法一路發展到「六大派圍攻光明頂」。金庸必須非常耐心地按照已經架構好的佈局，一段一段地寫，而且還把每一段都寫得精彩萬分。

例如張無忌與胡青牛之間的關係，建立在醫病與醫術的傳授上。可是金庸連寫醫術都有他的本事。這個時候的張無忌宿疾纏身、武功低落，金庸沒辦法寫張無忌怎麼去跟別人打鬥，於是就有了金花婆婆用惡毒手法弄傷一批人，這些人受傷的方式和位置都非常怪異，逼得張無忌只能硬著頭皮救治，再被胡青牛老婆王難姑從中攪局，以及胡青牛用藥方暗語警告張無忌盡快逃生……如此熱鬧的一場戲。

蝴蝶谷這一段，關鍵的重點是讓張無忌在變成一名武功高手之前，先成為一位醫術高手。

張無忌從踏上中土之後，小小年紀就有好多的難關要過，而且每一關都不是那麼容易過。讀者在閱讀的過程中都不免替他緊張：他武功（醫術）夠用嗎？他夠聰明能識破騙局嗎？這些壞人可不可以別得逞？一直到六大派圍攻光明頂，讀者的緊張也跟著拉到了最高。要站在哪一邊呢？希望正教把魔教殺得片甲不留嗎？不站在張無忌這邊嗎？他贏得了嗎？就算他贏了，他跟武當派諸位叔伯、峨嵋派周芷若之間又會變成什麼關係？

層層疊疊扣著、勾著讀者的這種閱讀效果，非常驚人且過癮。可是這樣一個大佈局，已經產生了明確的效果：張無忌證明了自己的實力，擁有九陽神功和乾坤大

挪移心法，他在武功上幾乎沒有對手了，那小說要怎麼繼續寫下去？金庸看起來是不是犯了一個錯誤，怎麼會把「六大派圍攻光明頂」寫在小說的中段？這應該是小說最後的高潮才對？

的確，包括後來的武當山之役、大都萬安寺之役、少室山「屠獅大會」等，都沒有達到像「六大派圍攻光明頂」那樣的浩大聲勢、細膩鋪陳。那麼接下去還能寫什麼呢？

儘管金庸在《倚天屠龍記》中的寫法與之前有著很大的不同，但仍然延續了《射鵰英雄傳》、《神鵰俠侶》的敘事精神，那就是——俠的成長。

成長的過程中會有許多挑戰、許多苦難，小說主角要一一克服這些苦難，每過一關，就多成熟一點、多堅強一點，不管是在個性上還是武功上。這是成長小說的主題。

張無忌一人擊敗了六大門派，接任明教教主，至此已達到武林至尊的地位，可是回頭一看，他的人生歷練還有些空白。於是金庸筆鋒一轉，一個在小說前半部從未出現過的人物驚豔登場了，那就是趙敏。

趙敏可不是個小角色，這位蒙古郡主初時與明教作對、想要掌控武林，後來對張無忌死心踏地，稱得上是第一女主角。這麼重要的一個角色，為何偏偏最晚才出現呢？因為金庸想藉由趙敏的出現，將張無忌生命中最重要的四個女子——趙敏、周芷若、小昭、殷離——聯繫在一起。小說後半部要寫什麼？就是寫這四個女子和張無忌之間的糾纏離合。

用成長小說的概念最容易解釋《倚天屠龍記》的敘事結構。這部小說分成非常明確的兩大部分：前半部是張無忌如何累積實力，一步一步成為有能力扭轉江湖局面的人物，這是俠在武功上的歷練；後半部寫的則是俠的「感情教育」。如同法國文學家福樓拜（Gustave Flaubert）的小說《情感教育》（*L'éducation sentimentale*）所要探討的——男人要如何面對女人？在和女人的關係上，男人要如何學習應對感情、處理感情？

回頭看前半部，周芷若、殷離、小昭幾人已經登場，但張無忌和這些女子的關係，濃縮起來其實只是一句話，就是母親殷素素告訴他的：「你長大了之後，要提防女人騙你，越是好看的女人越會騙人。」看起來這句話印證在張無忌身上，每次都是對的。

這又是金庸突破武俠小說框架與慣例的一件事。作為一個「俠」，不能沒有感情教育，趙敏的出現就是這條線索的核心。自從趙敏出現後，周芷若和張無忌的關係也因此改變了。

更進一步，盲目的感情甚至會阻礙我們去看清真相、理解真相。小說後半部最大的謎團就是：殷離到底是誰害死的（但其實未死）？是趙敏在騙他，還是周芷若才有問題？原來表面上的真相不是真相，大部分人以為的真相也不是真相。幸好在武俠小說形式下，到了最後，這一切都會水落石出。張無忌必須學會瞭解女人、瞭解感情，更重要的是，學會在感情的各種糾葛中，看清楚一個人（包括自己）的內心。

這不比練成蓋世武功簡單，甚至更難。金庸自己在〈後記〉中說：

> 在愛情上，……張無忌卻始終拖泥帶水，對於周芷若、趙敏、殷離、小昭這四個姑娘，似乎他對趙敏愛得最深，最後對周芷若也這般說了，但在他內心深處，到底愛那一個姑娘更加多些？恐怕他自己也不知道。

金庸用《倚天屠龍記》的後半部篇幅在教導張無忌，也帶給了讀者難得的情感教育。

02 正邪同在，是張無忌的宿命

《倚天屠龍記》的書名來自「倚天劍」和「屠龍刀」，不過如果按照金庸創作的時間看，這雙刀劍的設定其實脫胎自他的另一部短篇小說《鴛鴦刀》。

作為類型小說，武俠小說一般來說容易寫得快、寫得多，金庸的作品卻很不一樣。首先，金庸不重複自己，持續創造不同的新寫法；此外，他對寫過的東西極度在意，封筆之後，還反覆修改自己的作品。由此值得發問的是：金庸一開始寫《書劍恩仇錄》的筆法已經如此成熟，到了此刻，甚至寫過《雪山飛狐》、《飛狐外傳》這種在創作上有著獨特意義的二連作，具備強烈的超越傳統武俠小說的自我意識，他怎麼會寫出《鴛鴦刀》這部簡單貧乏的作品？

因為《鴛鴦刀》是一部「戲作」，是為了嘲諷當時大量製造出來的武俠小說那些約定俗成的寫法。金庸創造了一個情境，讓一個人老是照著武俠小說中的舊智慧格言來行事，結果他在江湖上的路越走越窄，越走越糊塗，越走越悲慘。（第三章會再詳述。）

小說裡有鴛刀和鴦刀兩把刀，武林傳言，誰能夠得到鴛鴦刀，誰就能知曉「無敵於天下」的秘密。小說情節也就圍繞著爭奪鴛鴦刀展開，這是傳統武俠小說的佈局。最後謎底揭曉，無敵於天下的秘密原來是刀刃上刻的四個字——「仁者無敵」。金庸以戲謔的手法告訴我們，武俠小說裡那些奪到秘笈寶物就可無敵天下的設定，你能信嗎？如果信的話，我們得有多麼天真，多麼無知。

有意思的是，鴛鴦刀後來脫化成為倚天劍和屠龍刀，同樣也有著江湖傳言：誰擁有倚天劍、屠龍刀，誰就能「號令天下」，成為「武林至尊」，無人敢與之爭鋒。《倚天屠龍記》當然不是戲謔之作，倚天劍和屠龍刀的確是兩把絕世神器，它們的秘密是，要運使內力以刀劍互砍，兵器就會折斷，刀身和劍刃中藏有郭靖夫婦留下的兵法與武功訣要。這仍然是武俠小說的老套路。我們會覺得奇怪：金庸已經在《鴛鴦刀》嘲笑過這種戲碼，為什麼《倚天屠龍記》中又寫了自己都覺得可笑的設定呢？

我們不妨看看，後來是誰拿到了倚天劍和屠龍刀，取出了藏在裡面的兵法秘笈呢？是周芷若。她練了《九陰真經》，武功確實一下子突飛猛進，卻為求速成而變得狠戾，差點墮入魔道。沒有人會佩服、認同周芷若，這個設定和最後的結果反而證明了：即使取得了倚天劍和屠龍刀，練成了藏於其中的武學，也不可能稱霸武林。小說的意旨在推翻所謂的江湖傳言，並告訴讀者：在江湖、武林中，要成為「武林至尊」，除了神兵武技之外，還有很多其他更重要的因素。

《倚天屠龍記》在設定上確實延續了《鴛鴦刀》，但採用了完全不同的架構，而且寫得更龐大、更深刻、更雄渾。此外，和《鴛鴦刀》一樣，《倚天屠龍記》也在挑戰武俠小說約定俗成的一些寫法。

《倚天屠龍記》以張無忌為中心，寫的是張無忌如何成為一代大俠，前半部分講的是武功上的成熟，後半部分講的是感情與世故上的成熟。如前面所說，張無忌作為男主角，到了小說八分之一才呱呱墜地，到了第十五回〈奇謀秘計夢一場〉才第一次跟人家比武，而且輸得一塌糊塗。金庸為什麼要這樣寫？因為他要寫的是反抗武俠書寫習慣的武俠小說，他要挑戰「正、邪之分」的敘事傳統。

什麼是正？什麼是邪？在一般的武俠小說中，正、邪之爭往往是最固定的劇情，通常都是邪不斷地壓著正，但最後一定是邪不勝正，用這種寫法勾著讀者。讀者當然知道何人為正、何者是邪，並從中得到一種認同與投射。當看到好人被壞人陷害時，我們會擔心、生氣；一旦壞人得到了報應，後面的事情就和我們無關了。

武俠小說的正邪之分，原本是天經地義的，這樣才能夠收到大快人心的效果。到了《倚天屠龍記》，金庸不再是單純地寫翻案文章，而是想要更細膩地探索：判斷正、邪的標準到底是什麼？更進一步說，在這樣的標準下，我們真的有把握輕易就能認定嗎？沒有灰色地帶嗎？沒有曖昧的人物或者曖昧的情境嗎？正與邪沒有翻轉的可能性嗎？

《倚天屠龍記》挑戰了原來武俠世界中這種強烈而極端的分辨、分野。為此，金庸在小說裡鋪陳了三個重要的議題：第一，有理所當然、容易可辨的正邪標準嗎？第二，所謂邪派，會如何看待自己？被視作壞人、歸為邪教的人，之所以這樣作為，難道沒有他的道理嗎？就要接受別人認為你是壞人嗎？這又牽連到第三個問題：眾人以為的正邪標準就是對的，並且是唯一的標準嗎？會不會有錯誤的判斷，甚至標準本身都是錯的？

這些抽象且重要的問題，金庸以人物塑造和情節安排呈現在鴻篇巨制的《倚天屠龍記》中。張無忌一出生，就身兼正、邪兩種不同的血統。他的父親是張翠山，武當七俠中的老五，當然是名門正派；他的母親殷素素，是天鷹教教主殷天正的女兒，天鷹教屬於明教分支，是武林人士眼中認定的邪教。金庸一步步地推演劇情，讓張翠山和殷素素遇到兩人都沒辦法抗拒的力量，在王盤山被謝遜挾持，一路漂流到極北方的孤島上。原本兩人就已互生情愫，在如此宿命的環境下，張翠山才得以放下正派的包袱，與殷素素結為夫婦，讓正、邪兩種血統流淌在張無忌身上。

只不過當他們一家人回到了中土，正、邪兩方的衝突又席捲而來。後來殷素素跟著張翠山來到武當，張翠山向師父稟明娶妻一事，原本心中惴惴，但張三丰的一席話，似乎也為正、邪之辨做了最好的註腳：

> 張三丰仍是捋鬚一笑，說道：「那有甚麼干係？只要媳婦兒人品不錯，也就是了，便算她人品不好，到得咱們山上，難道不能潛移默化於她麼？天鷹教又怎樣了？翠山，為人第一不可胸襟太窄，千萬別自居名門正派，把旁人都瞧得小了。這正邪兩字，原本難分。正派弟子若是心術不正，便是邪徒，邪派中人只要一心向善，便是正人君子。」

張無忌中了玄冥神掌又父母雙亡，張三丰為了治他的病，帶他到少林寺求教少林九陽功。少林和武當同樣是名門大派，卻囿於門戶之見推託不願相助。偏偏在這個時候，張三丰救了明教中人常遇春，常遇春就提議帶張無忌去給蝶谷醫仙胡青牛醫治，胡青牛也是明教的，外號「見死不救」。

不論是先天的血緣或後天的遭遇，張無忌一直身處在正、邪兩種人際關係之中。金庸想讓我們隨著張無忌「正邪並居」的身分，去認識、感受這些人物的真實性情。

例如，張三丰為求一線生機，不得已將張無忌交給常遇春時，就再三叮囑常遇春：「胡先生決不能勉強無忌入教，我武當派也不領貴教之情。」張翠山身死名裂的殷鑑不遠，張三丰對於將無忌託付給以邪惡出名的魔教弟子手上，仍感到不放心。張三丰的態度很清楚，正、邪仍然是截然分明的。可是當他拿不定主意時，常遇春馬上很有氣概、很有義氣地說：

「……這樣罷，我送了張兄弟去胡師伯那裏，請他慢慢醫治，小人便上武當山來，作個抵押。張兄弟若有甚麼閃失，張真人一掌把我打死便了。」

讀者看到常遇春的為人行事，會發現這個人一點都不壞呀？金庸在這裡埋下了對讀者來說有些動搖的成分，因為出現了一個身上沒有半點邪氣、兼之熱腸義膽的魔教中人。讀者看到他的時候，不會擔心他、討厭他，甚至覺得張無忌跟著他，看起來也沒什麼大問題。

這是金庸在《倚天屠龍記》中運用的寫法，藉由情節、角色，帶讀者進入到「正邪難分」的情境之下。這是一個了不起的突破。

《倚天屠龍記》除了挑戰「正邪分明」的武俠慣例外，還打破了另外一項慣例，就是讓主角張無忌先跟著胡青牛學習醫術。在他成為一位俠者之前，先取得了醫者的身分。張無忌是先以醫者的本事介入武林的，比如崑崙派掌門夫人班淑嫻因妒想要下毒害死何太沖的寵妾，張無忌偵破此案，卻反被逼著喝下毒酒，這裡我們又看到，號稱名門正派的人，行的卻是惡事。直到張無忌被朱長齡騙得跳入谷中，才一步一步獲取神功。

張無忌初涉江湖的過程中，並沒有忘掉太師父囑咐他「不可以身入魔教」的警告。不過事件的發展違背了他主觀的意願，張無忌最後還是當上了明教教主。然而看到這裡，讀者非但不覺得這是什麼嚴重的衝突，甚至越來越不相信，明教是應該被江湖人士除之而後快的邪惡力量。這就引發我們去思考：「正邪之分」，究竟所為何來？

03 失蹤的角色，必然帶著故事回來

張無忌成為明教教主並不是一蹴而就的，過程中他遇到了許多人和事。要寫這一段環環相扣的過程，金庸必須動用很多角色。在小說的前半部，需要特別注意的是金庸如何創造，以及如何使用他的角色。

大部分的武俠小說由於受到連載的限制，經常有一些「用過即丟」的角色。這些角色因為某個地方需要一段情節、一個高潮、一場衝突而出現，但他只在這段敘事當中有作用，於是要嘛很快就被殺了，要嘛就再也不會出現。很少有讀者會記得、關心這樣的角色。有意思的是，金庸的武俠小說偏偏反其道而行。

《倚天屠龍記》是怎麼開始的？金庸刻意從郭襄說起，這是為了讓《神鵰俠侶》的劇情可以延續到《倚天屠龍記》。郭襄上場後，遇到了幾個傳統上「用過即丟」的角色，比如「崑崙三聖」何足道，他帶著尹克西的遺言要求見覺遠和尚，也

把郭襄引到了少林寺，又帶出了當時名叫張君寶的張三丰。金庸在小說一開始就設計了一個大謎語——「經書是在油中」，這其實是《神鵰俠侶》到《倚天屠龍記》一個關鍵性的銜接。

隨著「經書是在油中」這句話，我們又看到《神鵰俠侶》中不是那麼重要的兩個角色——瀟湘子和尹克西，被帶到了《倚天屠龍記》來。這兩人偷盜了武學奇書《九陽真經》，卻為了彼此防範以致互鬥而死，留下了令人不解的「經書是在油中」這個謎語，《九陽真經》從此下落不明。除了覺遠外，沒有人完整讀過《九陽真經》。金庸於是更進一步，讓郭襄、張君寶、無色禪師各自聽到覺遠大師圓寂前的唸誦，鋪陳了後來峨嵋派與武當派的創立，以及峨嵋、武當、少林三派之間的武學糾葛，因為他們都各自記下、傳留了一部分的九陽神功。

「經書是在油中」這個謎語出現在小說一開場，但什麼時候才謎底揭曉呢？真的要佩服金庸。若是以目前通行的四冊本來看，要到第二冊後半，幾乎所有的讀者都不再想到這件事的時候，這個謎語被解開了——不是「經在油中」，而是「經在猴中」。

這種龐大的佈局，不僅僅是指從第一回到第十六回的小說內容跨度，同時也是指小說的時間跨度。何足道上少林傳話時，張君寶（張三丰）還是個少年，距離楊過擊殺蒙古大汗蒙哥、解救襄陽之圍才過了三年。等到張無忌在崑崙山白猿腹中取出《九陽真經》，已是元朝末年，張三丰已經一百多歲了。這就叫做大佈局。

小說裡的另一個大佈局，出現在第十二回〈鍼其膏兮藥其肓〉。張無忌在胡青牛住的蝴蝶谷一邊治傷、一邊習醫，只能算是個病人。有一天，突然來了一群武林人士，每個人都受了奇怪的傷勢，但胡青牛不肯破例（不為自居名門正派的俠義道治病），這才有了張無忌藉由醫治這些人，使自己的醫術大為長進的橋段。

那是誰傷了這些人呢？是金花婆婆，她為了替故去的丈夫銀葉先生向胡青年報仇來的。那金花婆婆的身世秘密什麼時候才解開呢？要到小說第三十回〈東西永隔如參商〉，讀者才豁然開朗，原來金花婆婆不只是明教當年的四大護法之首紫衫龍王，還是波斯總教的聖女、小昭的母親！橫跨了這麼長的篇幅、這麼久的時間，金庸才告訴我們金花婆婆黛綺絲的真實身分，還牽涉到小昭隱伏在明教的動機與目的，無疑是個大佈局。

當然，《倚天屠龍記》最最了不起的大佈局，就是前文提及的——六大派圍攻光明頂。這不是普通的正邪大對決，金庸結結實實地寫出了兩大陣營的各自來歷。

先看正派這一邊。武當派是六派之中的核心，創派祖師張三丰其時已逾百歲，他的七個徒弟在江湖上被尊稱為「武當七俠」，個個都是響噹噹的人物，個個都有故事。這又是金庸挑戰武俠小說基本寫法的一項突破。

美劇《冰與火之歌：權力遊戲》（Game of Thrones）曾轟動一時、風靡全球，其中一個重要原因，就來自第一季劇作依隨了小說奇特的寫法，也就是小說中的主角會在讀者完全沒有預期的情況下，突然就不見了，或者突然就被幹掉了。為什麼主角這樣莫名其妙就被殺了？觀眾嚇了一大跳，留下非常深刻的印象。

金庸在《倚天屠龍記》中做的也是這種效果。小說剛開始的時候，最具英雄情操與身手的人物是誰？武當七俠中的老三俞岱巖。可是很快地，幾乎也是在讀者沒有任何預期的情況下，俞岱巖被大力金剛指力斷了四肢，從此變成了「廢人」。

按照武俠小說通常以男角為中心的慣例，這個時候讀者會想：原來俞岱巖不是主角啊，那麼就是他的師弟張翠山了。張翠山是武當七俠中悟性最高的，更領略了張三丰神乎其技地從書法脫化出來的武功，又有愛侶殷素素相伴。可是到了小說第十回，張翠山也沒了，與殷素素兩人雙雙自殺。

這就是金庸的寫法，他在挑戰武俠小說書寫主角的方式。讀者對角色有著什麼樣的預期，金庸就來個反轉式的戛然而止。

俞岱巖、張翠山一度被讀者誤以為是這部小說的主角，而武當七俠中的殷梨亭，因為與紀曉芙、楊不悔的情感牽扯，也讓讀者留下深刻印象。還有大師兄宋遠橋，面對弒叔孽子宋青書的羞愧痛憤，也令人不忍。其餘如俞蓮舟的深沉善良，張松溪的足智多謀，莫聲谷的少年老成，武當七俠每個人都是有血有肉，有著清楚的面貌。

《倚天屠龍記》中，金庸還塑造了一個令人難忘的角色，這個角色和前面提到的正邪觀念挑戰有著巨大的作用。金庸寫過黃藥師這種正邪之間的人物，楊過也是一個正邪之間的角色。不過楊過雖然身上有邪氣，毋寧更接近一種性情上的放任。而《倚天屠龍記》的這位人物，雖然身在正道，卻讓人覺得邪門得難以親近。

這個人是誰？就是峨嵋派掌門滅絕師太。滅絕師太的「邪」就在於她太「正」了，意思是她太過於堅持自己的原則，並將這些原則無限上綱，形成了一種執念。用英文來講，她不是 righteous（正義的），而是 self-righteous（自以為是）。她的自以為是，以及堅持所謂的正派立場，到了極端的程度，於是我們會感到這樣的人比邪派還要可怕。她的徒弟周芷若後來所有的悲劇，不就是因為滅絕師太逼著她完成所謂正派的使命嗎？到斷氣前的那一刻，她仍再三叮囑周芷若，堅守著正邪不兩立的信仰，不願受張無忌之惠，將他緊緊掐住，讀來多麼悲哀。

至於明教，金庸鋪陳得更完整。從教主陽頂天以下，有光明左右使者，然後是四大護教法王、五散人、五行旗、天地風雷四門等。這樣一個森嚴的組織，讓我們聯想到金庸小說裡最常出現的第一大幫會丐幫。丐幫有幫主，其下是傳功、執法、掌缽、掌棒等九袋長老，分舵舵主是八袋，接著是七袋、六袋……。不過金庸寫《倚天屠龍記》的明教，可比《天龍八部》、《射鵰英雄傳》描寫的丐幫更加深入，丐幫這些長老在小說中大多是陪襯角色，明教的這些人物則個個鮮明清晰。

明教中有兩個謎一樣的人物，一個是光明右使范遙，一個是四大護法之首的紫衫龍王，後來都一一現身，還帶著他們之所以失蹤的故事回來。明教的龐大不是隨隨便便羅列幾個名頭、數字而已，透過金庸的刻畫，這個組織沒有閒雜人等，每個人都有各自的故事，而且所有的故事還能串接在一起，甚至隱伏著正邪兩方衝突的所有線索。

不浪費每一個人物、每一條線索，這是《倚天屠龍記》最成功之處。

04 憋氣式的伏筆

太極拳堪稱中華武術當中最知名的一套拳法。我在念大學的時候，如果有三天沒看到有人在打太極拳，就意味著我遲到太嚴重了。如果按時、早一點去學校，校園裡空曠的地方總會遇到打太極拳人們的身影。太極拳就是這樣普遍的一項武術運動。

在《倚天屠龍記》裡，太極拳和太極劍是由已逾百歲的張三丰創制出來的，從此成為武當派的鎮派武學。關於太極拳的起源，向來有諸多說法，主要有兩派觀點，一是說源於明末清初河南陳家溝的陳王庭，另一說就是源於武當張三丰。金庸也採用了這個說法。

小說裡是怎麼描述太極拳的出世呢？其時趙敏假扮明教教主，率大隊人馬上山準備「滅武當」，而且先派了假少林和尚空相偷襲張三丰得手，那時候宋遠橋等人還囚在萬安寺，武當看起來就要守不住了。就在這最危急的情況下，張三丰念茲在茲的，卻是自己閉關創出的武當絕學——太極拳和太極劍——必須流傳下去，根本沒將壓境強敵放在心上。

還是得佩服金庸的佈局和寫法。太極拳和太極劍最基本的精神就是以柔克剛、以慢打快、以靜制動，氣韻非常悠長，絕對不能急躁。因此，金庸刻意營造一種強烈的戲劇性對比。越是不疾不徐的武術，越是在最迫切危急、完全慢不得的場景下亮相。

當時武當七俠中只剩俞岱巖在場，張三丰隨即演示了太極拳招和口訣，殘廢已久的俞岱巖只能硬生生記住三四成，沒想到一旁假扮小道僮的張無忌也偷偷跟著記住了。後來張無忌便以太極拳和趙敏手下阿三過招，震斷了他的臂骨腿骨。

至於太極劍就更有趣了，完全是「現教現學」，然後「現買現賣」。

強敵環伺下，張三丰當著所有人的面，將一套五十四式的太極劍法慢慢使了一遍，然後問張無忌：「都記得了沒有？」沒想到張無忌卻說：「已忘記了一小半。」張三丰再使一遍，竟然沒有一招重複，張無忌看完後說：「還有三招沒忘記。」明教中人如周顛在一旁看得連叫糟糕！這又是金庸特別的寫法，他運用了《莊子．大宗師》的典故。

《莊子．大宗師》中有一則故事，莊子很喜歡以孔子做他寓言裡的角色，這次還搬來孔子最欣賞的學生顏回：

> 顏回曰：「回益矣。」仲尼曰：「何謂也？」曰：「回忘仁義矣。」曰：「可矣，猶未也。」他日復見，曰：「回益矣。」曰：「何謂也？」曰：「回忘禮樂矣。」曰：「可矣，猶未也。」他日復見，曰：「回益矣。」曰：「何謂也？」曰：「回坐忘矣。」仲尼蹴然曰：「何謂坐忘？」顏回曰：「墮肢體，黜聰明，離形去知，同於大通，此謂坐忘。」仲尼曰：「同則無好也，化則無常也。而果其賢乎！丘也請從而後也。」

意思是說，孔子教導顏回，不時要檢查弟子的功課，問說：「你現在學得怎麼樣？」顏回就跟老師說：「我有進步了，已經把仁義忘掉了。」孔子就稱讚說：「不錯，不錯，但還不夠。」過了幾天，顏回去見老師說：「我又有進步了，現在把禮樂忘掉了。」孔子又稱讚他。再過幾天，顏回對孔子說：「我現在可以『坐忘』了。」孔子嚇了一跳，這可不是我教的，就問：「什麼叫『坐忘』？」

顏回說，「坐忘」就是連自己的肢體都忘掉（墮肢體），感官也忘掉（黜聰明），接著關於「自己」的部分——如果用英文講就是perception（感知）和conception（觀念）——全部都解離掉（離形去知），於是此刻再也沒有自我，和外界的所有這一切都能等同了（同於大通）。這就是「坐忘」。孔子就說：「能夠同，就沒有偏私；能夠化，就沒有執著。你真是了不起！我也希望隨你一起努力。」在《莊子．大宗師》裡，老師佩服學生，因為學生已經到達老師都不知道的境界。

張三丰教張無忌學太極劍，用的正是「坐忘」的意旨。等到張無忌將所有劍招全都忘得乾乾淨淨，張三丰就說可以上場了。原來太極劍的精髓是要「以意御劍」，而不是受到劍招所限，才能夠施展出千變萬化。

那麼張無忌和阿大（八臂神劍方東白）如何過招呢？就是不管對方使出多麼凌厲狠辣的招數，張無忌都拿著劍在那裡畫圈圈：

> 這路太極劍法只是大大小小、正反斜直各種各樣的圓圈，要說招數，可說只有一招，然而這一招卻永是應付不窮。

這一整段情節非常精彩，在武功的描述上，完全展現了太極拳、太極劍的基本性格，更重要的是，金庸還將這樣的性格賦予了雙重的戲劇性。第一重是，太極拳和太極劍竟然是在如此緊急的門派覆滅危機下亮相的，而且是一種最緩慢、最悠長的武術形式；第二重是，和一般學習武功的方法相反，學太極拳、太極劍必須做減法，不能多記招式，而是要將招式忘得半點不剩。

於是，太極拳、太極劍就和武當的武術精神聯繫了起來，也完全符合小說中武當一派給讀者的形象。

金庸想必是故意將武當派寫得很簡單，既是組織上的簡單，也包括人際關係上的簡單，不像他把明教寫得如此糾葛萬端、複雜熱鬧。這樣悠長、簡單的門派特質，正好對應了武當最有代表性的武術——也就是太極拳、太極劍。

也許可以進一步推斷，就因為金庸要寫武當派，在他所有的小說中，《倚天屠龍記》的寫法也最符合悠長的武當氣場。這部小說最大的特色，就是在敘事上，金庸運用了很多可以稱為「憋氣式」或「閉氣式」的伏筆。許多伏筆真的憋得夠久、藏得好深，讀者基本上不會記得，可是作者沒有忘。

到後來，你真的不得不佩服金庸，會相信當他在起筆時就已經想好了，要讓某件事情成為一個伏筆。這個伏筆一路撐著，憋了好久，最終會再浮上來。這當然是徹底逆反連載小說的基本寫法，因為連載小說訴求的是讀者的短時記憶。

舉個例子，張無忌小的時候，被一個身穿蒙古軍服的人打了一記玄冥神掌，那個人到底是誰？這個伏筆憋了好久。以現行的四冊本來說，大概憋了整整六百頁才揭曉：原來他們是投效蒙古的玄冥二老，師兄叫鶴筆翁，師弟是鹿杖客。至此，真相方才大白。但這兩人也不是隨便寫寫，有他們自己的作用。

還有一個有趣的對照，因為「玄冥神掌」之名，讀者對這兩個人的印象就是冰冷無情，可是隨著范遙的救人計畫展開，卻發現玄冥二老一點也不冰冷，他們竟然一個好酒、一個好色。這一齣萬安寺高塔的救人大計，就是利用這兩個人的弱點設了一個騙局，既入塔，又得藥，讓張無忌順利地將被趙敏所囚的正派好手全部救出，緊張之餘也讓讀者看得樂趣盎然。

當然，設計、執行這項計畫，陷害鶴筆翁和鹿杖客的人，就是化身苦頭陀的范遙，他是另一個憋了好久的伏筆。范遙又是誰呢？這又得回頭翻個三百頁，在第十七回〈青翼出沒一笑颺〉中，滅絕師太就提到了這個人：

「……魔教歷代相傳，光明使者必是一左一右，地位在四大護教法王之上。楊逍是光明左使，可是那光明右使的姓名，武林中卻誰也不知。少林派空智大師、武當派宋遠橋宋大俠，都是博聞廣見之士，但他們兩位也不知道。……」

范遙就是明教的光明右使。不過那時我們只知道這個人很神秘，又失蹤了，卻不曉得他的長相和名字。但金庸記得，而且必須讓他回來，還要完全配得上他光明右使的身分。原來他長年失蹤，是到汝陽王府去做臥底，甚至狠得下心來自毀俊美容貌。

還有小昭，她的來歷在篇幅上大概「憋氣」了整整一冊。小昭在光明頂出現時，是一個戴著手銬腳鐐的侍女，主要服侍楊不悔。但楊逍父女察覺到她的異樣行徑，總是不相信她，憋了十一回後才發現，懷疑她是有道理的。小昭是誰？她的位階後來比新任的明教教主張無忌還要高，她是波斯明教聖女黛綺絲的女兒，也是一位聖女。為了救張無忌一行人，她不惜揭露身分，接任波斯總教的教主，最後帶著對張無忌的感情黯然離開了中土。

「憋氣」的還不只這些個別的角色或情節的伏筆，更大一點的像是「明教」，金庸也是這樣「憋氣」地寫。小說一開場，先出現了一個神秘又不太正道的天鷹教，它是明教護法白眉鷹王離教後所創；後來又出現了一個宛如吸血鬼般的人物，還把殷離給抓走了，這個怪人是明教的青翼蝠王。金庸這樣去營造明教的形象，讓讀者理所當然地認為，明教就是一個邪教。

直到成崑的奸謀曝光，光明頂上明教即將大敗覆滅，教眾們齊聲唸誦經文之時，讀者的心似乎才開始動搖了：

> 明教和天鷹教教眾俱知今日大數已盡，眾教徒一齊掙扎爬起，除了身受重傷無法動彈者之外，各人盤膝而坐，雙手十指張開，舉在胸前，作火燄飛騰之狀，跟著楊逍唸誦明教的經文：
>
> 「焚我殘軀，熊熊聖火。生亦何歡，死亦何苦？為善除惡，惟光明故。喜樂悲愁，皆歸塵土。憐我世人，憂患實多，憐我世人，憂患實多！」……
>
> 俞蓮舟心道：「這幾句經文，想是他魔教教眾每當身死之前所要唸誦的了。他們不念自己身死，卻在憐憫世人多憂多患，那實在是大仁大勇的胸襟啊。當年創設明教之人，真是個了不起的人物。只可惜傳到後世，反而變成了為非作歹的淵藪。」

等到張無忌接任明教教主，準備率教眾在蝴蝶谷誓師討元時，金庸才讓楊逍向新任的教主、同時也向讀者解釋明教的來歷。

原來明教是從波斯傳來的，又叫摩尼教、拜火教，融合了瑣羅亞斯德教、佛教和基督教的教義。一般人對外來的事物天生有不信任感，加上明教教眾長期受官府迫害而行事詭秘，這才被稱為魔教。金庸憋了這麼久才道出原委，不得不說有它特別的道理。

這意味著楊逍在這個時候才拉著張無忌認真面對這件事，像是在說：你已經當上了教主，關於本教，你還是要稍微瞭解一下。我在回頭分析的時候，覺得真是好笑，可是讀小說的時候，卻不覺得不對。因為它凸顯了張無忌真的是莫名其妙當上教主的，但在當時的情境下，這件事卻不顯得荒唐。

首先，張無忌和明教的關係，小說推演得非常非常長。從天鷹教、金毛獅王謝遜、常遇春、胡青牛、楊逍、殷離等一路下來，雖然張三丰再三叮囑張無忌不准身入魔教，他還是一步步成為興復明教的頂梁柱，這是大佈局中鋪陳的所有人際關係所造成的。其次，六大門派從光明頂散去後，突然又來了丐幫、巫山幫等幫會想要趁火打劫，元氣大傷的明教無力應付，只能暫且躲入秘道裡避禍。但問題是：沒有教主的命令，沒有人敢違抗教規擅入秘道。這等於又推了張無忌一把。

用這種方式，金庸一方面明明白白地表示，張無忌就是「趕鴨子上架」當上教主的；但另一方面，他的教主之路每一步都是有來歷、有理由的，而且讀者都能接受、相信。

讀《倚天屠龍記》，要懂得欣賞金庸將武當太極功夫中那種悠長的氣韻，展現在小說敘事上的驚艷筆法。

05「唯偏執狂得以倖存」

金庸沒有理所當然地把《倚天屠龍記》寫成一個「邪不勝正」的故事，不過也不是倒過來讓「邪勝過了正」，或是混淆正邪。金庸寫的畢竟是類型小說、通俗小說，他並沒有推翻故事到了最後應該要有一個終極的正邪分野。只不過在這部小說裡，正邪的終極分野和原來武林所認定的正邪分判是兩回事，而張無忌是扭轉局面最重要的代表。

進一步來看，明教的「邪」，不是因為它幹了多少傷天害理的壞事；明教之所以被視為「魔教」，相當程度上因為它站到了所謂正派的對立面，在立場、陣營的劃分上與正派有了衝突。

由此延伸，金庸用了相當長的篇幅，鋪陳關於正邪另一個重要的問題：當你被別人誤會了，要如何自處？別人誤會你，難道你就要變成他們眼中所看到的人嗎？

在小說中，張無忌身上被灌注了各式各樣的誤會，比如因為和明教走得近，他被視為一個誤入歧途的小魔頭。當然，所有的誤會到了最後都能夠找到機會予以澄清，也包括他誤會了別人。但人生不是這樣，真實人生比這個要複雜得多，要苦得多了。

然而金庸保留了一樣東西，讓類型小說最後大快人心的效果還是存在的，那就是絕對的惡。所有的一切，包括那些誤會，包括正、邪的對立，都是從這個絕對的惡所引發的。

在《倚天屠龍記》裡，絕對的惡的代表便是成崑。從殘殺徒弟謝遜一家，後來隱身少林寺變成圓真和尚，唆使空見神僧為他出頭，到操弄明教與正派為敵，再到挾制少林意圖顛覆武林。不管他的身分怎麼變，他這種絕不悔改、絕不動搖的惡，在小說中有其必要性。

除了成崑之外，小說中其他的角色，則有著較複雜的兩面性。光是要呈現壞人有好的一面，好人有壞的一面，就已經相當難寫了。金庸則進一步追究，無論是正人君子，抑或乖僻邪惡之人，都可能被觸發其陰暗或良善的另一面。

這種種矛盾歸結於一個共同的解答，而這個共同的解答是從《神鵰俠侶》延續下來的。元好問的〈摸魚兒〉詞說：「問世間，情是何物，直教生死相許？」我們也可以這樣說：讓好人變得邪僻，讓壞人變得溫柔，也都是因為感情，尤其是來自感情的偏執。

從「感情偏執」的描述，也可以清楚追溯金庸在創作上的變化。《射鵰英雄傳》裡，郭靖與黃蓉的感情可說是「正常的感情」，是人倫之正，他們彼此的目光始終只投射在對方身上。到了《神鵰俠侶》，楊過與小龍女的愛卻是帶著一點偏執的：世人都說我們兩個人不能相愛、不能結合，我們就偏偏要愛給世人看。

再到《倚天屠龍記》，金庸寫偏執的愛愈發得心應手了。有一句話來形容《倚天屠龍記》裡的角色，我覺得十分貼切，那就是英特爾前總裁安迪．葛洛夫（Andy Grove）的名言：「唯偏執狂得以倖存。」（Only the Paranoid Survive，也是他的暢銷書《十倍速時代》的英文書名。）這裡想要作為借喻：只有情感上的偏執狂，才會被金庸寫進小說裡，才值得活在這部小說裡。

例如殷素素。殷素素和張翠山的愛情是小說一開始最重要的感情線。如果不是殷素素這份偏執的愛感染了張翠山，讓兩人拋卻正邪兩派之間的藩籬，就不會有張無忌。但即使她因為這份愛收斂、改變了自己的行為，仍必須為過去所做的惡事，包括殘忍地屠殺龍門鏢局滿門，而付出生命的代價。

還有胡青牛。這位「醫仙」也陷落在一份偏執的感情當中，因為他的妻子偏偏是一位「毒仙」。毒仙永遠都對醫仙不服氣，兩個人一直在醫術上較勁，而比試的方法就是，毒仙去毒了人，再看看醫仙能不能救得活。如果醫仙救活了，就表示醫仙的本事比毒仙大；如果醫仙救不活，毒仙就高興了，覺得她贏了。胡青牛後來為什麼「見死不救」？是因為他不敢救、不能救。只要是他夫人王難姑下的毒，為了不做「對不起愛妻的逞強好勝之舉」，他就乾脆不救了。

這當然是個偏執狂。但是胡青牛「見死不救」的偏執，比起王難姑還差得遠了。她下的毒丈夫竟然不解救，讓她覺得勝之不武，這不是她要的勝利，於是只好使出最後的殺手鐧。怎麼才能逼得丈夫使出一切本事呢？那就是對自己下毒。她知道胡青牛愛她愛到如此偏執，所以他一定會想盡辦法來救自己。

這是什麼奇怪的賭注？一賭下去就是一翻兩瞪眼。如果丈夫真的救不了，證明自己比較厲害又如何，代價是把自己給毒死了。如果換成另一種結果呢？自己被救回來了，但她還是會活得很不痛快，一輩子無法原諒丈夫。這是徹底的偏執。

又如殷離。圍繞在張無忌身邊的一共有四個女子，發展出了四段感情，其中最撲朔迷離的，就是殷離對張無忌的癡戀。殷離愛的到底是誰？在殷離心裡，跟她有感情關係的有兩個人，但我們知道這兩人其實是同一人，可是殷離從來沒有搞清楚——曾阿牛就是張無忌。

殷離如此地偏執，她知道曾阿牛對她很好，但她不相信、更不願接受曾阿牛就是張無忌。所以她痛苦，雖然曾阿牛對她那麼好，她就是不愛他。那她愛的是什麼？是那個小時候在危急情況下不得不無情的、冷淡的、會欺負她的她心目中的張無忌。這是多麼奇怪的一段感情！真實的張無忌願意愛她、照顧她，但在殷離的眼中，這個人叫曾阿牛，不是她愛的那個被時間凝結的張無忌。沒讀過小說的人，看到這樣的描述，可能搞得頭都昏了。《倚天屠龍記》裡，殷離的感情世界就是偏執到這種程度，很難三兩句話講清楚，唯有細讀才能品味。

另外一段偏執的感情，存在於張無忌和周芷若之間，那是兩度背叛的感情。周芷若怎麼背叛張無忌？她曾用倚天劍直接刺進張無忌的胸口，差一點就將他殺死了，這是第一次。第二次是在海外孤島，周芷若背著他偷走倚天劍和屠龍刀，殺死了殷離並栽贓嫁禍給趙敏。

這是多麼嚴重的背叛？一次是性命攸關的重挫，一次是傷害他所愛之人的背離。即便如此，周芷若從來沒有真正放棄她對張無忌的愛情，只是她在師父滅絕師太死前所發的那個毒誓，使得她將感情當作了算計的工具。周芷若是個悲劇性的人物。她做了卑鄙的事，但她不是一個卑鄙的人，因為對感情的偏執，成為一個被境遇操弄的人。

小說裡關於偏執感情的悲劇，還有紀曉芙，還有宋青書……

讀《倚天屠龍記》的時候，不能不感受到，金庸所寫的這種偏執的感情是如此深刻。原來只有離開了人與人之間關係的正軌，才能更深切地體會：我究竟為什麼這麼喜歡這個人？為什麼非得跟這個人在一起不可？真實的愛情，或許都涉及那麼一點點偏執吧。

06 不被作者喜歡的男主角？

一九六一年，《倚天屠龍記》接續《神鵰俠侶》在《明報》上連載；一九七六至七七年，重新全面修訂為四冊本。金庸寫了一篇〈後記〉，開頭第一句就說：「『倚天屠龍記』是『射鵰』三部曲的第三部。」

金庸為什麼要強調三部曲這件事？因為接下來他要比較三部曲中的三個男主角，而他對自己所寫的張無忌是有意見的：

這三部書的男主角性格完全不同。郭靖誠樸質實，楊過深情狂放，張無忌的個性卻比較複雜，也是比較軟弱。他較少英雄氣概，個性中固然頗有優點，缺點也很多，或許，和我們普通人更加相似些。楊過是絕對主動性的。郭靖在大關節上把持得很定，小事要黃蓉來推動一下。張無忌的一生卻總是受到別人的影響，被環境所支配，無法解脫束縛。

至於三位男主角的愛情表現，金庸說：

> 在愛情上，楊過對小龍女之死靡他，視社會規範如無物；郭靖在黃蓉與華箏公主之間搖擺，純粹是出於道德價值，在愛情上絕不猶疑。張無忌卻始終拖泥帶水，對於周芷若、趙敏、殷離、小昭這四個姑娘，似乎他對趙敏愛得最深，最後對周芷若也這般說了，但在他內心深處，到底愛那一個姑娘更加多些？恐怕他自己也不知道。

楊過等了小龍女十六年，最後還是義無反顧地跳下了絕情谷，完全無怨無悔；郭靖深愛黃蓉，他對華箏公主是道德上的責任，與愛情無關。而《倚天屠龍記》的結尾，看起來是趙敏留在張無忌身邊，可是我們別忘了，早在西域的時候，張無忌曾答應要娶殷離為妻的，後來在殷離的墓牌上，張無忌題的也是「愛妻之墓」。他和周芷若也辦過一次婚禮，信誓旦旦要跟周芷若結為連理，即使到了小說最後，周芷若又突然現身，因為張無忌還欠她一個約定。

所以金庸只好攤攤手，在〈後記〉裡對讀者說：

既然他的個性已寫成了這樣子，一切發展全得憑他的性格而定，作者也無法干預了。

《飛狐外傳》的〈後記〉中，金庸也明白地表現出他不喜歡張無忌。文中金庸列出了他寫過的、喜歡的男主角，包括胡斐、喬峯、楊過、郭靖、令狐沖，偏偏就沒有張無忌。

如果真是這樣，金庸幹嘛要花這麼大的力氣，去寫一個自己不喜歡的男主角？金庸想要表現什麼？或者說，在某些價值觀如感情上，有什麼是金庸過不去的，非得要透過像張無忌這樣的角色來予以顯現呢？這個答案我們暫且先賣個關子。

回到《倚天屠龍記》的〈後記〉，裡面還有這樣一段話：

事實上，這部書情感的重點不在男女之間的愛情，而是男子與男子間的情義，武當七俠兄弟般的感情，張三丰對張翠山、謝遜對張無忌父子般的摯愛。

金庸為什麼要這樣說？

然而，張三丰見到張翠山自刎時的悲痛，謝遜聽到張無忌死訊時的傷心，書中寫得太也膚淺了，真實人生中不是這樣的。因為那時候我還不明白。

這段話的關鍵不在小說本身，而在作者真實人生當中的痛。在《金庸作品集》修訂期間，金庸的長子在美國哥倫比亞大學念書，卻突然自殺了。可以想見，金庸聽到兒子死訊的時候，是何等的震撼、何等的悲痛。當金庸整理小說時，看到自己還不知道這個痛有多深之時寫出來的父子情，那會是一種怎樣的心情？是不是多麼希望能回到那個相對天真的狀態。在小說中，謝遜從殷離口中誤以為張無忌已經死了，他是不是多麼希望自己聽到的訊息也是假的？

在真實人生中，有些刻骨銘心是小說裡不可能表達的。

07 楊過是理想，無忌乃金庸

《倚天屠龍記．後記》中，有一段話也值得我們深思：

像張無忌這樣的人，任他武功再高，終究是不能做政治上的大領袖，當然，他自己根本不想做，就算勉強做了，最後也必定失敗。中國三千年的政治史，早就將結論明確的擺在那裏。中國成功的政治領袖，第一個條件是「忍」，包括克制自己之忍、容人之忍，以及對付政敵的殘忍。第二個條件是「決斷明快」。第三是極強的權力欲。張無忌半個條件也沒有。

這三個條件，不是講政治的理想，而是講政治的現實。但是金庸怎麼會得出這三個條件的結論呢？這裡必然要考慮到，金庸是一邊寫武俠小說，一邊還在為

《明報》寫社評的。他每一天都在觀察國際情勢的種種變化，必須每一天都能形成意見，寫成評論。在創作小說的那十幾年裡，中國大陸的政治翻天覆地，我們能夠想像的所有戲劇性的變化都發生了。而在那樣一個翻天覆地的變化下，誰能夠、如何握有權力，當然可以用一種格外誇張的方式，凸顯出政治領袖在人格及行為上的那股特質。金庸以此為標準，所以才說：張無忌都沒有這些條件。

金庸用相反的方式告訴我們，他寫了一個什麼樣的主角：不太能克制自己，很多時候不能容忍，更重要的，張無忌沒有對付敵人的殘忍。

例如小說第三十二回〈冤蒙不白愁欲狂〉中，張無忌基於自己所看到的，因而相信了：第一，趙敏殺了殷離；第二，趙敏偷了倚天劍、屠龍刀；第三，趙敏從小島逃走後又派了船來，想誘騙他們上船，再開炮轟沉他們的船。如果這是當時他所理解的事實，那麼趙敏真是可惡至極，已經是要將張無忌他們置於死地的那種仇敵，只不過他們一時沒有被害死而已。

等到返回中原，張無忌再度遇到了趙敏，他的反應是什麼？

張無忌臉上如罩嚴霜，喝道：「你要盜那倚天劍和屠龍刀，我不怪你！你將我拋在荒島之上，我也不怪你！可是殷姑娘已然身受重傷，你何以還要再下毒手！似你這等狠毒的女子，當真天下少見。」說到此處，悲憤難抑，跨上一步，左右開弓，便是四記耳光。……

張無忌愈加憤怒，大聲道：「好！我叫你到陰間去跟她對質。」左手圈出，右手回扣，已叉住了她項頸，雙手使勁。趙敏呼吸不得，伸指戳向他胸口，但這一指如中敗絮，指上勁力消失得無影無蹤。霎時之間，她滿臉紫脹，暈了過去。

張無忌記著殷離之仇，本待將她扼死，但見了她這等神情，忽地心軟，放鬆了雙手。……過了好一陣，趙敏才悠悠醒轉，只見張無忌雙目凝望著自己，滿臉擔心的神色……

這段描述其實頗為典型，可以看到張無忌他不但不夠殘忍，也無法明快決斷，充滿了猶豫與遲疑。趙敏已經拿捏在他手上，他卻不知道該如何處置她。

至於明教教主之位，他始終沒有強烈的權力欲望，就算給了他無上的權柄，他也不知道怎麼運用。反過來說，他也從來不想要得到什麼權力，更不會想盡方法去保有已經到手的權力。

所以金庸說：「張無忌不是好領袖，但可以做我們的好朋友。」張無忌無法成為歷史上的大人物，也不適合涉足政治，去當一個掌權者。那他適合做什麼？他適合遠離政治權謀，「做我們的好朋友」。對認識、熟悉金庸的人來說，這句話有著特殊的意義——這是金庸的自況。

張無忌缺乏政治才能的這一部分，可能接近金庸對他自己的看法。金庸年輕時想要做外交官，國際政治是他最感興趣的議題，幸好後來他進入了報界，甚至創辦《明報》，以記者、評論家、媒體人的身分來理解政治，而不是作為政治的當局者。為什麼說「幸好」？因為他看到那些成功的政治領袖所具備的條件，他自嘆弗如，覺得自己沒有這種能力和條件。所以當他接受了自己並非政治人才的時候，或許就自我解嘲說：我們這種人還好，至少我們可以當別人的好朋友。

此外，缺乏政治才能的張無忌，他的愛情態度其實也接近金庸本人。金庸曾經徘徊、周旋在幾位女性之間，歷經了三段婚姻。是的，張無忌太像金庸本人了，這應該也是金庸不喜歡張無忌最關鍵的理由吧。

小說是虛構的，而作者因為握有這樣的虛構權力，可以寫出理想中的「第二自我」（alter ego）。這在小說創作上是很常見的。也就是說，作者把一部分真實的自己投射進去，卻也改變了自己不喜歡的另一部分。如此寫出來的主角，他不是作者現實上的自我認知或自我理解，而是進入到一種虛構空間裡，打造出想像中更美好的自己。

金庸投射、想像更美好的自己，是像楊過、令狐冲那樣深情的男子，退而求其次，是像郭靖那樣專情的男子。不管是楊過、令狐冲還是郭靖，他們在人生當中都有一件相對幸運的事，就是遇見了讓自己可以深深摯愛的女子。因為有這樣明確的感情投射對象，他們不需要彷徨猶豫，不需要周旋在幾個女子當中，到後來搞不清楚自己真正愛的到底是誰。這樣，也就不必在如何愛或如何不愛的過程中傷害了對方，反過來也傷害了自己。

令狐冲、楊過，他們是理想的情人，金庸在小說裡可以寫得淋漓盡致，但是離開了小說，他非常清楚那樣的人物很難存在於現實中。所以金庸又有這麼一句話：「這部書中的愛情故事是不大美麗的，雖然，現實性可能更加強些。」

這個現實性，首先直接指的就是跟作者自身的密切關連。所以，張無忌的愛情故事，相較於其他的金庸小說，也許是最接近金庸的人生際遇的。

金庸平常極保護自己的隱私，但作為一位媒體人，作為如此知名的武俠小說家，他的人生無可避免地會有公眾性的一面。對金庸瞭解越深，也就越能理解他在寫《倚天屠龍記》時，可能本來並不想寫在感情上那麼接近自己的一個角色，但是從「六大派圍攻光明頂」之後，情節主軸轉向張無忌和其他女子之間的關係，難以防備地，就把張無忌寫得愈來愈像自己了。所以金庸才會說：「既然他的個性已寫成了這樣子，作者也無法干預了。」

回到前一篇的提問，為什麼金庸寫了一個自己不喜歡的角色？這個看起來矛盾的現象，其實有著最簡單也最深刻的答案：因為這個角色就像金庸自己。

也因為如此，《倚天屠龍記》和之前的《神鵰俠侶》、之後的《笑傲江湖》都不一樣，在創造出楊過、令狐冲這樣一種理想的感情形象之外，金庸藉由張無忌這個角色，幫我們留下了在面對人生時更困擾、更迷糊、更複雜，同時可能也是更真實的一種形象。

金庸最大的本事，就是不重複自己寫過的角色。有時候這種不重複是他刻意追求的。但是寫張無忌的時候，看起來像是誤打誤撞的，將自己性格上這一面的真實寫出來，成為另一種寫作上的突破。

第二章

《雪山飛狐》《飛狐外傳》

現代性的二連作

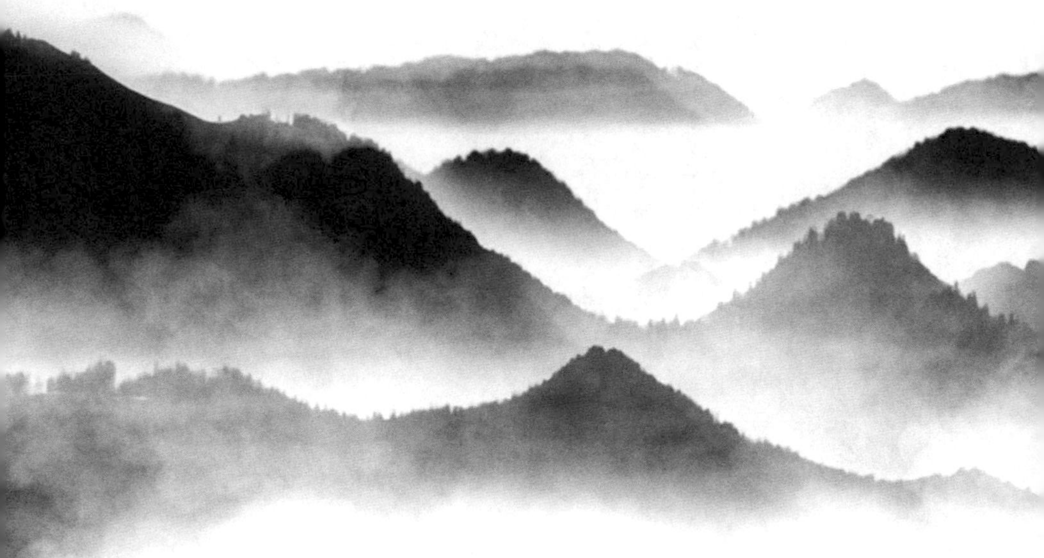

01 正派的敵人，就活該被殺嗎？

在《飛狐外傳》的〈後記〉中，金庸寫過一段不容忽視的話：

武俠小說中，反面人物被正面人物殺死，通常的處理方式是認為「該死」，不再多加理會。本書中寫商老太這個人物，企圖表示：反面人物被殺，他的親人卻不認為他該死，仍然崇拜他，深深的愛他，至老不減，至死不變，對他的死亡永遠感到悲傷，對害死他的人永遠強烈憎恨。

要瞭解這段話，必須將《雪山飛狐》、《飛狐外傳》這兩部作品當成二連作來讀。

商老太是《飛狐外傳》開場的第一個角色。當時飛馬鏢局老鏢頭馬行空帶著女兒馬春花、弟子徐錚和眾鏢師來到商家堡避雨，這對師兄妹正透過窗紙破洞偷窺練武廳裡的情況。這一看，就看到商老太在訓練兒子打飛鏢，而且一邊訓練一邊怨毒叫罵，喊著被拿來當作射暗器靶子的兩個木牌人像的穴位。這兩個人像是誰？是胡一刀與苗人鳳。商家堡商老太的鮮明形象，在小說開頭便跳了出來。

《飛狐外傳》從商家堡開始的復仇怨念，個中原因要在另一部小說《雪山飛狐》中找答案。

《雪山飛狐》裡，肇因於闖王當年的身死之謎，胡田范苗四大護衛之間傳下了幾代的誤會與家仇，使得他們的後代、當世的兩大高手苗人鳳和胡一刀，在客店裡展開了驚世對決。決鬥前兩人先喝酒吃肉，在場的胡夫人說了這樣的話：

> 夫人向金面佛凝望了幾眼，嘆了口氣，對胡一刀道：「大哥，並世豪傑之中，除了這位苗大俠，當真再無第二人是你敵手。他對你推心置腹，這副氣概，天下就只你們兩人。」

「天下就只你們兩人」這句話，是從《三國演義》曹操和劉備「煮酒論英雄」的故事脫化出來的，曹操曾對劉備說：「今天下英雄，惟使君與操耳。」那麼，

「天下就只你們兩人」這句話在這裡的作用又是什麼？那就是從胡夫人口中，瞭解到這兩個人看待彼此為「可敬的對手」。

在江湖、武林中，甚至在一般人的現實人生中，「可敬的對手」是比朋友還要重要的存在。當有一個對手可以刺激出自己最美好、最了不起的那一面，你的人生會被提升到不同的層次境界。那對手和朋友最大的差別在哪裡？對手會在一個人的生命中發揮這麼重大的影響力，是因為他逼著你一定要跟他分出勝負。

胡一刀與苗人鳳成了惺惺相惜的對手。然而刀劍無眼，所以胡夫人很有義氣地問了一句話：

「苗大俠，你有甚麼放不下之事，先跟我說。否則若你一個失手，給我丈夫殺了，你這些朋友，嘿嘿，未必能給你辦甚麼事。」

這段話背後還有一層意義，苗人鳳行走江湖這麼久，以他的武功、地位，身邊當然有一堆朋友。可是胡夫人心裡說的是：等到有一天你不在了，這些朋友也就不會拿你當一回事。你有什麼後事要交代，不要相信現在圍繞著你、仗著你的武藝、在你有權勢時巴結你的人，最好還是託給真正可以信任的人。

苗人鳳顯然體會到了：

金面佛微一沉吟，說道：「四年之前，我有事去了嶺南，家中卻來了一人，自稱是山東武定縣的商劍鳴。」夫人道：「嗯，此人是威震河朔王維揚的弟子，八卦門中好手，八卦掌與八卦刀都很了得。」金面佛道：「不錯。他聽說我有個外號叫做『打遍天下無敵手』，心中不服，找上門來比武。偏巧我不在家，他和我兄弟三言兩語，動起手來，竟下殺手，將我兩個兄弟、一個妹子，全用重手震死。比武有輸有贏，我弟妹學藝不精，死在他的手裏，那也罷了，那知他還將我那不會武藝的弟婦也一掌打死。」

苗人鳳自稱「打遍天下無敵手」，其實就是為了刺激胡一刀出遼東。但這個招牌是惹江湖忌諱的，大家都會來挑戰他，而他不惜得罪天下的英雄豪傑，就只為了引胡一刀出來，和他比上一場。胡夫人聽了，當然明白他的意思：

夫人道：「此人好橫。你就該去找他啊。」金面佛道：「……想我苗家與胡家累世深仇，胡一刀之事未了，不該冒險輕生，是以四年來一直沒上山東武定去。」夫人道：「這件事交給我們就是。」

胡夫人背後有她的傲慢與自信，意思是說：等一下比武一不小心，很可能你的命就沒了，我們知道了你的遺憾，會幫你報仇的。結果苗人鳳和胡一刀這一打就打了一整天，雙方實力不分上下，心中相互佩服，最後約定明日再打。

接下來就精彩了，小說裡描述：

胡一刀待敵人去後，飽餐了一頓，騎上馬疾馳而去。……到後來晨雞報曉，五更天時，胡一刀騎著馬回來了。……只見他的坐騎已換了一匹，去時騎青馬，回來時騎的卻是黃馬。那黃馬奔到店前，胡一刀一躍落鞍，那馬晃了幾下，撲地倒了，口吐白沫而死。……只見那馬全身大汗淋漓，原來是累死的。

這裡有一個敘事者寶樹和尚，當時叫做閻基，是個跌打醫生，後來搶走了兩頁胡家拳經，在《飛狐外傳》裡變成了盜匪。那閻基就是個渾人，他的旁觀也帶出了讀者的疑惑：胡一刀怎麼逃跑了？就算去窺探敵人動靜也不用那麼久吧？幹嘛連夜跑馬累了一整晚，這樣還能跟苗人鳳比武嗎？

結果苗人鳳一來，兩人對喝了三碗酒，抽出刀劍馬上就動手，還一直打到天黑。胡一刀這時才道出原委：

金面佛道：「胡兄，你今日氣力差了，明日只怕要輸。」胡一刀道：「那也未必。昨晚我沒睡覺，今晚安睡一宵，氣力就長了。」金面佛奇道：「昨晚沒睡覺？那不對。」

胡一刀笑道：「苗兄，我送你一件物事。」從房裏提出一個包裹，擲了過去。金面佛接過，解開一看，原來是個割下的首級，首級之旁還有七枚金鏢。范幫主向那首級望了一眼，驚叫道：「是八卦刀商劍鳴！」金面佛拿起一枚金鏢，在手裡掂了一掂，份量很沉，見鏢身上刻著四字：「八卦門商」，說道：「昨晚你趕到山東武定縣了？」胡一刀笑道：「累死了五匹馬，總算沒誤了你的約會。」……從直隸滄州到山東武定，相去近三百里，他一夜之間來回，還割了一個武林大豪的首級，這人行事當真是神出鬼沒。

胡一刀又如何替苗人鳳報仇呢？

金面佛道：「你用甚麼刀法殺他？」胡一刀道：「此人的八卦刀功夫，確是了得，我接住了他七枚連珠鏢，跟著用『沖天掌蘇秦背劍』這一招，破了他八卦刀法第二十九招『反身劈山』。」金面佛一怔，奇道：「沖天掌蘇秦背劍？這是我苗家劍法啊？」胡一刀笑道：「正是，那是我昨天從你這兒偷學來的功夫。我不用刀，是用劍殺他的。……你苗家劍獨步天下，以此劍法殺他何難，在下只是代勞而已。」

三百里外，一顆首級，一夜之間，胡一刀就解決了，這不是什麼大不了的事。更重要的，是他的義氣與豪氣，因為他尊重對手，和對手肝膽相照。他去替苗人鳳復仇，其意不在炫耀我胡一刀的武功有多厲害，就只是幫一個值得的朋友完成心願而已，而且一心不減損對方及其家族絲毫的聲名。胡一刀用苗家劍法殺了商劍鳴，清清楚楚表明了，商劍鳴不可能抵得住你苗人鳳，苗家劍法也遠遠強過了八卦刀法。

特意將小說中的這段情節以原文引述，也讓讀者體會金庸描寫得既細膩又含蓄的敘事手法。在《雪山飛狐》中，商劍鳴唯一的作用就是拿來彰顯胡一刀和苗人鳳這兩人一見即知交的義氣。商劍鳴去找人家比武，沒找到正主，卻連人家不會武功的家人都殺了。這種人在一般武俠小說裡就是「該死」，簡直不值得一提。

但金庸不這樣寫。到了《飛狐外傳》，金庸轉而寫起了商劍鳴家人的心情，商劍鳴雖然死了，但他的夫人卻對丈夫念念不忘，一心一意要幫他復仇。在她的心目中，苗人鳳和胡一刀就是最可惡的人，所以她要孩子把武藝練好，將來好為父親報仇雪恨。

金庸無疑在提醒我們，以前老是這樣讀武俠小說，對嗎？小說裡的那些反派人物，他們就沒有親人朋友嗎？他的親人朋友會認為他被正派人士殺死就是應該的嗎？

在傳統武俠小說中，正派人物與反派人物是被清清楚楚劃分開的。我們跟隨著正派角色，並將感情全部投射在他們身上，但是《飛狐外傳》從一開始就在挑戰這樣的理所當然，讓我們看到即使像商老太這樣狠戾之人，面對丈夫的死，心裡也有一塊悲傷之地，進而澆養出不顧一切也必定要復仇的執念。

金庸意識到，讓正派和反派角色在武俠小說中被絕然地分開，其實是訴諸讀者的懶惰——既然死了的是壞蛋，就不用去想那麼多。比如我們剛剛讀到商劍鳴這個名字，應該不會去想：好慘哪，這個人怎麼這麼可憐，胡一刀竟然就這樣把他給殺了。

從苗人鳳、胡一刀的角度，我們不太有餘裕去同情他。但是到了《飛狐外傳》，金庸決定要深探這件事，要彰顯出一種曖昧的相對性，那就是在讀者眼中十惡不赦的大壞蛋，到了他妻子、兒女的眼裡，卻不會如此認為。這種情感上的相對性，在《飛狐外傳》中被金庸凸顯了出來。

稍微提醒一下，金庸創作的前後順序是《射鵰英雄傳》、《神鵰俠侶》、《倚天屠龍記》三部曲連貫寫下來，與此同時，《雪山飛狐》寫於《射鵰英雄傳》（尾聲）至《神鵰俠侶》（開篇）的連載期間，另刊於《新晚報》上；《飛狐外傳》則寫於《神鵰俠侶》和《倚天屠龍記》連載期間，刊登在《武俠與歷史》雜誌。也就是說，《雪山飛狐》和《飛狐外傳》的創作是和「射鵰三部曲」並行的，只是連載時間比較短。

列出這個狀況，可以更明確地瞭解：《倚天屠龍記》中的所謂正邪共生概念，究竟在金庸的思考中是如何一步步地提煉出來的。

02 奇特的二連作

金庸修訂完《雪山飛狐》之後，寫了一篇〈後記〉，提到：

「雪山飛狐」與「飛狐外傳」雖有關連，然而是兩部各自獨立的小說，所以內容並不強求一致。按理說，胡斐在遇到苗若蘭時，必定會想到袁紫衣和程靈素。但單就「雪山飛狐」這部小說本身而言，似乎不必讓另一部小說的角色出現，即使只是在胡斐心中出現。

胡斐是《雪山飛狐》的主角，也是《飛狐外傳》的主角。金庸強調的是，讀者讀的時候要稍微留意，《雪山飛狐》是先寫的，後來金庸才擴充寫了《飛狐外傳》；但在故事的時序上，卻剛好相反，《飛狐外傳》寫的是年輕時的胡斐。

這兩部作品的差別在哪裡？首先，《雪山飛狐》寫得要比《飛狐外傳》簡略得多；其次，兩部作品的敘事方法很不一樣。相對而言，後寫的《飛狐外傳》比較傳統，或者說比較容易理解，仍然依循著武俠小說的成長小說寫法。

《飛狐外傳》開場時，胡斐還是個小孩子。不過我們可以將胡斐的成長線和《倚天屠龍記》的張無忌做個對比。《飛狐外傳》寫到四分之一篇幅的時候，胡斐憑藉著家傳的拳經刀譜，以及個人的悟性，就已經武功蓋世了。那剩下的四分之三篇幅要寫什麼？就像《倚天屠龍記》裡，張無忌一個人打敗了六大門派的高手，那後面還能寫什麼？

其中一點就是要寫「俠」的感情，所以《飛狐外傳》出現了袁紫衣、程靈素這兩個重要的女主角，鋪陳出胡斐坎坷的情感歷練，包括所愛之人無法和他在一起，愛他的人又為了救他而死。但如此產生了一點麻煩，畢竟《雪山飛狐》裡沒有袁紫衣，也沒有程靈素，即使只在胡斐的回憶裡出現。金庸或許曾嘗試要改寫《雪山飛狐》，但最終還是沒有將袁紫衣和程靈素寫進去。

關鍵就在於《雪山飛狐》是先寫的。在《雪山飛狐》的故事裡，胡斐遇到了苗若蘭，對苗若蘭一見鍾情。要讓胡斐對苗若蘭的這種感情可信，他必須在情感上極度清純。同時，也因為這樣的赤純，他才會為了苗若蘭，展開與苗人鳳（苗若蘭的父親）在懸崖上決鬥的驚人結尾。

如果接續《飛狐外傳》的敘事，此時的胡斐至少已歷經了兩段刻骨銘心的愛情，對他若即若離、終究不願還俗的袁紫衣，以及始終相伴、為胡斐吮毒而死前仍佈下七心海棠毒局以剷惡的程靈素。苗若蘭就算再怎麼蕙質嫻麗，既跟胡斐非親非故，在短短幾個時辰內，怎麼可能讓他一見面就產生如此強烈的情感？這個實在改不下去，因為牽涉太廣了。

所以金庸只能在《飛狐外傳》中，將《雪山飛狐》某幾個人物的故事加以擴充罷了，例如苗人鳳、南蘭（苗若蘭的母親）和田歸農的三角關係，又如商劍鳴的遺孀商老太母子的結局等等。結果到後來，這兩部小說還是沒辦法完全拼到一起，情節上還是有著矛盾。

因此，那段〈後記〉裡的話，只能說金庸有點兒強詞奪理。兩部小說的主角都是胡斐，而他和苗人鳳之間的來往與恩怨來歷，仍擺脫不了父親胡一刀在與苗人鳳決鬥時中毒身死的疑團。它們怎麼可能是「兩部各自獨立的小說」呢？只是金庸希望讀者用這種方式看待。

誠實地說，這是金庸失敗的二連作，有著先天上的諸多限制。我並不是想挑金庸的毛病，而是要特別強調：《雪山飛狐》和《飛狐外傳》當然是二連作，這兩部作品必須放在一起讀。分開來讀，不會有這種力量，合在一起才能夠讀到更深刻的東西。

03 獨一無二的舞臺劇手法

我們也不妨參考一下《飛狐外傳》的〈後記〉，其中會牽連出許多線索。首先，金庸特別交代的是，這部小說的連載方式很不一樣：

> 原在「武俠與歷史」小說雜誌連載，每期刊載八千字。在報上連載的小說，每段約一千字至一千四百字。「飛狐外傳」則是每八千字成一個段落，所以寫作的方式略有不同。

因為是旬刊，一個月出三本的雜誌，所以每十天他要寫一段。金庸說，每次基本就是一個通宵寫完，從半夜十二點到第二天早晨七八點工作結束，八個小時寫完八千字。那時是一九六〇、六一年間，金庸三十來歲的時候，他還可以這樣做。

對金庸來說，作為一部長篇小說，每八千字形成一個段落，這不是他熟悉、也不是他喜歡的節奏。後來他所進行的修改，「主要是將節奏調整得流暢一點，消去其中不必要的段落痕跡。」

交代完這件事之後，金庸又提到了《飛狐外傳》和《雪山飛狐》的關係，這裡寫得要誠實一點。他說：

「飛狐外傳」是「雪山飛狐」的「前傳」，敘述胡斐過去的事蹟。然而這是兩部小說，互相有聯繫，卻並不是全然的統一。在「飛狐外傳」中，胡斐不止一次和苗人鳳相會，胡斐有過別的意中人。這些情節，沒有在修改「雪山飛狐」時強求協調。

另外關於《飛狐外傳》的文字風格，金庸說：

這部小說的文字風格，比較遠離中國舊小說的傳統，現在並沒有改回來，但有兩種情形是改了的：第一，對話中刪除了含有現代氣息的字眼和觀念，人物的內心語言也是如此。第二，改寫了太新文藝腔的、類似外國語文法的句子。

金庸的小說文字是非常純粹、漂亮、古典的中文，基本的語詞和文氣是傳統的。不過原來的《飛狐外傳》，他感到自己使用的文字比較現代感，所以修訂的時候刻意做了些調整。

為什麼會這樣？如果前後文讀下來，其中一個可能的解釋是，在《武俠與歷史》雜誌上的連載，都是通宵熬夜寫稿，神志恍惚，於是就寫成了非常文青、非常外國式的句法。等到都寫完了，清醒了，就一定要把它修回來。

不過，我想這不是真正的理由。為什麼《飛狐外傳》的文字會出現後來金庸必須修改的現代腔調？我認為那是來自《雪山飛狐》。《雪山飛狐》是金庸所有作品中最現代的一部，而其現代性不純粹是文字的風格，更反映在敘事的寫法上。

《雪山飛狐》的敘事不只在金庸作品中獨一無二，在武俠小說的傳統中也是獨一無二，因為它來自戲劇手法。金庸自覺受到西方戲劇、西洋小說的影響，於是在敘事上開始刻意進行實驗。《雪山飛狐》就是用這種現代手法書寫，後來要擴充寫前傳《飛狐外傳》時，金庸也感染了這樣的實驗性，才會出現〈後記〉中所說的，想要改掉那些受到西洋實驗性影響的文藝腔調。

讀武俠小說的大多數人，包括金庸的讀者，讀《雪山飛狐》應該很容易感覺到不對勁、不熟悉的成分在其中吧！

第一個不對勁的地方是，讀者對武俠小說中「武」的場面會有一定的期待。一般來說，叫做「一山還有一山高」。開場的人通常不太重要，他們在武功上是比較差的，所以這個輸了，出現另外一個，後面又有功夫更高的再把之前這個給打敗，然後再來一個。一定要引到武功最高的兩個人或幾個人，做最後的生死搏鬥，如此讀者才會越看越過癮。

在《雪山飛狐》裡，雖然有苗人鳳和胡斐最後的那一場決鬥，可是在此之前，我們看到的都是一群不入流的角色在爭鬧。天龍門南北宗、飲馬川山寨等人物，在小說開頭時就上場了，幾個人一路追追打打。接著來了一個寶樹和尚，三兩下就懾服了所有人。可是寶樹也沒有多了不起，他只是一個半路出家的，而這半路出家的功夫就比這些人還要厲害。

更重要的是，在小說的當下時空，遼東大俠胡一刀根本早已經死了，「打遍天下無敵手」的苗人鳳也銷聲匿跡。從武功層面上來看，《雪山飛狐》很難滿足讀者對武俠小說的想像或要求。

接下來的情節，讓人更不習慣。這一群人來到雪峯頂的山莊後，嬌滴滴的苗家小姐苗若蘭也來了。隨後，金庸讓寶樹、苗若蘭分別來說故事，說的是胡家和苗（范、田）家百年世仇的故事，為的就是解開天龍門代代相傳的鐵盒中闖王軍刀的秘密，以及雪山飛狐胡斐為何前來尋莊主晦氣的緣由。

這部小說寫的是玉筆山莊的一次聚會，非常清楚就是一種舞臺劇的鋪陳手法。四方人馬同時聚集到此地，必須用籃子逐個兒拉上峯頂，沒想到垂吊籃子的長索和絞盤被炸毀了，除了胡斐之外，沒有任何人可以上峯，也沒有一個人能夠下山。他們全被困在了山莊裡，山莊就是舞臺。這樣一來，就產生了一個最適切的戲劇性場景，讓大家一起來解決恩怨。

可是當寶樹和尚說完二十七年前胡一刀與苗人鳳的那場惡鬥始末，苗若蘭卻對寶樹說：「怎麼我聽到的故事，卻跟你說的有點兒不同呢？」結果兩人講了同樣的事件，卻有著兩種不同的說法。

這個時候有個刀疤僕人插嘴了，因為寶樹說一套，苗若蘭（由父親口中得知）說一套，兩個人中間一定有一個在說謊。這個刀疤僕人平阿四就是親見現場的第三人，他不只參與講故事，還把現實的劇情往前推。他告訴大家：「這山峯上男女老幼，個個活不過七日七晚！」因為山莊裡原來有十天的存糧，都被這個平阿四通通倒下山了。

沒有了糧食，大家就會餓死在這裡。原本那個誰也進不來、誰也別想出去的舞臺環境，如今又變成一個必死的局面。這種局面產生的效果是，在場的人覺得反正都要死了，就什麼都不必隱瞞了。原來每個人心中都藏著秘密，不管再怎麼醜陋、再怎麼難聽，通通都應該拿出來講。

小說進行到這裡，才揭露了胡斐就是胡一刀的兒子，而當年就是平阿四救下了襁褓中的他。就在這樣不可思議的處境下，胡斐現身了。大家對他既好奇又懼怕，這些武林人士一個個孬得很，全都躲了起來，場上只剩下一個人來面對胡斐，就是苗若蘭。這一段在戲劇上的作用非常單純，兩人以琴曲酬答，就是要讓胡斐和苗若蘭彼此產生好感。然後胡斐以主人不在為由，又暫時離場了。

於是原來的這一群人繼續講故事。這時候換誰講呢？換成飲馬川寨主陶百歲，他當年是田歸農的副手，一起參與了滄州截阻胡一刀夫婦的事件。接下來他講到天龍門掌管著闖王寶刀，引起南、北宗內訌，以及交接那日北宗掌門田歸農突然暴斃之謎。

接著殷吉、陶子安、劉元鶴等人接續說出了那一日的親身所見，逐漸拼湊出事件的真相。就在這時，旁邊有個人突然昏倒了，那是田歸農的女兒田青文。原來田青文未婚產子，竟然下毒手將嬰孩害死。就在她要埋小孩的時候，偏偏撞到了師兄周雲陽也要埋東西，他埋的是寶刀。

這兩件事混在一起，已經夠離奇了。等到大家都說完了，敘事線又拉回到眾人來此地的目的，原來軍刀藏著寶藏的線索，寶藏可能就在這附近，而苗家掌管的地圖就藏在苗若蘭所戴的珠釵裡。接下來自然引發大家齊心協力去尋寶。尋寶可以合作，可是一旦找到了，難免就會自相殘殺。

尋寶及自相殘殺的故事，金庸在《雪山飛狐》寫了，後來在《連城訣》裡，金庸又用另一種形式寫了一次。

有趣的對比是，前面是劉雲鶴躲在田歸農床底下偷聽，現在換成胡斐為了刺探敵情，躲在山莊廂房的床上。但麻煩的是，床上已經先藏著被點了穴道的苗若蘭。

其時莊主杜希孟帶著一票幫手回來了，而大廳上苗人鳳正遭人暗算偷襲。胡斐敬重苗人鳳這個對手，他雖然為了報父仇而來，卻無法忍受鼠輩行徑，便出面救了苗人鳳。但作為父親，看到女兒衣不蔽體地躺在床上，怒不可遏，認為胡斐侵犯了女兒。這個誤會，引發了苗人鳳和胡斐兩人的決鬥，而這場決鬥的精巧設計，就是重現了胡一刀和苗人鳳決鬥的勝負關鍵。

上述簡單整理《雪山飛狐》的敘事手法，那是帶有非常明確、強烈的現代劇場特性。你說、我說、他說，說了之後再有人或補充、或反駁，大家在一個舞臺上，而真正的主角、真正的故事卻在舞臺之外。舞臺上的角色，沒有一個人知道事件的完整面貌，可是藉由每個人的各自說法，讀者已然慢慢地拼湊起了全貌。金庸就是用這種方法，讓胡一刀父子的傳奇性推到最高峯；同時，更巧妙地將舞臺上的每一個人，都和這起江湖傳說般的事件聯繫了起來。

這種寫法不是傳統的敘事，而具有高度的實驗性。不只如此，在《雪山飛狐》裡，金庸也動用了現代小說的一種流行寫法——小說沒有確切的結局，而是結束在一個生死之間的問題上。

04——再思考雪山飛狐那一刀

《雪山飛狐》結束在胡斐與苗人鳳的決鬥，這個場景也呼應了二十七年前胡一刀和苗人鳳的那場對決。

當年胡一刀和苗人鳳比武到第四天，終於給胡夫人瞧出了苗人鳳招數上的一個破綻，那就是他在使「提撩劍白鶴舒翅」這一招之前，背心會微微一聳。如此一來，胡一刀就可以制敵機先，用「八方藏刀式」將他的劍路封住，讓他撤劍認輸。苗人鳳只一個人，但胡一刀有另一雙眼睛在旁邊幫著他。

時間再回到當下，當胡斐和苗人鳳在山壁間決鬥時，又遇到了同樣的情況：胡斐佔到一個優勢，結冰的山壁有如一面鏡子，反照出苗人鳳的背心，他看到苗人鳳背脊微微一聳，知道他下一步就要使出「提撩劍白鶴舒翅」。而胡斐的「八方藏刀式」正準備劈下時，他猶豫了：

胡斐舉起樹刀，一招就能將他劈下岩去，但想起曾答應過苗若蘭，決不能傷她父親。然而若不劈他，容他將一招「提撩劍白鶴舒翅」使全了，自己非死不可，難道為了相饒對方，竟白白送了自己性命麼？

金庸形容那一瞬間，胡斐心裡轉過了千百個念頭：

這人曾害死自己父母，教自己一生孤苦，可是他豪氣干雲，是個大大的英雄豪傑，又是自己意中人的生父，按理這一刀不該劈將下去；但若不劈，自己決無活命之望，自己甫當壯年，豈肯便死？倘若殺了他吧，回頭怎能有臉去見苗若蘭？要是終生避開她不再相見，這一生活在世上，心中痛苦，生不如死。

金庸是這樣看待胡斐的為難的：

他若不是俠烈重義之士，這一刀自然劈了下去，更無躊躇。但一個人再慷慨豪邁，卻也不能輕易把自己性命送了。當此之際，要下這決斷實是千難萬難……

寫到這裡，小說突然跳到另一個場景，用這種方式推到終局：

苗若蘭站在雪地之中，良久良久，不見二人歸來，當下緩緩打開胡斐交給她的包裹。只見包裹是幾件嬰兒衣衫，一雙嬰兒鞋子，還有一塊黃布包袱，月光下看得明白，包上繡著「打遍天下無敵手」七個黑字，正是她父親當年給胡斐裹在身上的。

她站在雪地之中，月光之下，望著那嬰兒的小衣小鞋，心中柔情萬種，不禁痴了。

苗若蘭並不知道，胡斐和她父親此時是那樣的生死相鬥。

胡斐到底能不能平安歸來和她相會，他這一刀到底劈下去還是不劈？

沒了，小說就寫到這裡。所以在《雪山飛狐．後記》中，金庸就說：

「雪山飛狐」的結束是一個懸疑，沒有肯定的結局。到底胡斐這一刀劈下去呢

> 還是不劈，讓讀者自行構想。
>
> 這部小說於一九五九年發表，十多年來，曾有好幾位朋友和許多不相識的讀者希望我寫個肯定的結尾。仔細想過之後，覺得還是保留原狀的好，讓讀者們多一些想像的餘地。有餘不盡和適當的含蓄，也是一種趣味。在我自己心中，曾想過七八種不同的結局，有時想想各種不同結局，那也是一項享受。胡斐這一刀劈或是不劈，在胡斐是一種抉擇，而每一位讀者，都可以憑著自己的個性，憑著各人對人性和這個世界的看法，作出不同的抉擇。

這是金庸的真心話，不過我們可以進一步去理解。的確，那個時代流行的現代小說，就是標榜應該讓讀者自己做抉擇。現代小說和傳統小說最簡單的區分，就是傳統小說直接給答案，而現代小說經常是提問題，讓讀者自己去想像接下來要發生什麼事。

於是，每一個讀者都可以自己決定，胡斐這一刀到底劈還是不劈。但如果只讀過《雪山飛狐》，坦白說，劈或是不劈，讀者是非常難決斷的，因為我們對胡斐這個人知道得太少。

這也是為什麼我要反覆強調，《雪山飛狐》和《飛狐外傳》絕對是二連作。如果能放在一起讀，會是很不一樣的閱讀感受，有著不一樣的效果。

讀完《雪山飛狐》，再繼續讀《飛狐外傳》，你會瞭解胡斐究竟是一個什麼樣的人，他如何成長，以及在成長過程中累積了哪些經驗。我們甚至可以把金庸沒辦法放到《雪山飛狐》裡的袁紫衣、程靈素的故事，通通自行腦補加進去。我們會知道胡斐背負了怎樣的人生，懷著什麼心情來到杜希孟的山莊上。

我們既然在「前傳」看到了這樣的人生，關於胡斐這一刀劈或是不劈，也許就有了更多的依據。並不是說讀完了《飛狐外傳》，讀者就能有一個明確的答案，但它的可能性範圍就小得多了，不會是五五開，也許是六四開、八二開。

05 武功的完成和俠的完成

金庸在《飛狐外傳》的〈後記〉中說：

我企圖在本書中寫一個急人之難、行俠仗義的俠士。武俠小說中真正寫俠士的其實並不很多，大多數主角的所作所為，主要是武而不是俠。

通讀下來，讀者就能瞭解《飛狐外傳》為什麼會有這樣的佈局。不管是楊過還是張無忌，他們一路上要經過許許多多的磨難，然後一步步得到武功上的成長。但金庸卻用非常快速的方式，小說裡甚至只有一句話，「數年之間，他身材長高了，力氣長大了，見識武功，也是與日俱進。」就讓胡斐從一個小鬼頭，電光石火般一下子就身負高強的武功，去闖蕩江湖。

在《飛狐外傳》裡，「武」不是胡斐成長故事的重點，除了讓胡斐和袁紫衣、程靈素邂逅之外，金庸特別強調的是胡斐作為「俠」的這一面。

金庸接著引用孟子的話：

> 孟子說：「富貴不能淫，貧賤不能移，威武不能屈，此之謂大丈夫。」武俠人物對富貴貧賤並不放在心上，更加不屈於威武，這大丈夫的三條標準，他們都不難做到。

一個像樣的俠，當然要通過富貴使人腐化、貧賤令人喪志、武力教人屈服的挑戰和考驗，但這僅僅是基本條件。金庸認為，俠還要有更高的層次：

> 在本書之中，我想給胡斐增加一些要求，要他「不為美色所動，不為哀懇所動，不為面子所動。」

金庸舉袁紫衣為例，「像袁紫衣那樣美貌的姑娘，又為胡斐所傾心，正在兩情相洽之際而軟語央求，不答允她是很難的。」不為美色所動，並不是說看到美人不動心，胡斐真正的考驗是：他愛上了袁紫衣，在這種情況下，袁紫衣所提出的要求，胡斐能拒絕嗎？他一定不想傷了深愛之人的心，想讓她因為他而快樂，那他該如何在原則和情愛之間權衡？這是金庸給胡斐的第一項考驗。

第二項考驗是，「鳳天南贈送金銀華屋，胡斐自不重視，但這般誠心誠意的服輸求情，要再不饒他就更難了。」所以關鍵不在於送了金銀華屋，而是對方已然將姿態放到最低，一路上安排好了所有招待事宜，深切的表示我錯了，我後悔了，我跟你求情。英雄總是吃軟不吃硬的，這項考驗的重點，賄賂的不是以金錢，而是人心最柔軟的部分：人家都真心實意地向你認輸了，說請你饒了他，你饒還是不饒？

第三項考驗是不為面子所動。「江湖上最講究面子和義氣，周鐵鷦等人這樣給足了胡斐面子，低聲下氣的求他揭開了對鳳天南的過節」，意思是不只是自己認錯，還動員了一群有頭有臉的朋友一起當和事佬，恭順又小心地請你饒了對方。不看僧面看佛面，這樣的人情，你讓還是不讓？不給人家面子成嗎？

這三種情況是英雄好漢最難做到的，但擺在胡斐眼前，他就是不退讓，就是不肯放過鳳天南。為的是什麼？金庸說得簡單又深刻：

胡斐所以如此，只不過為了鍾阿四一家四口，而他跟鍾阿四素不相識，沒一點交情。

我們再回到小說開頭，胡斐是怎麼上場的？大雨中的商家堡，局面一度混亂，田歸農攜著苗夫人南蘭來此躲雨，偏偏就遇到了苗人鳳帶著女兒苗若蘭追趕而至。苗若蘭是南蘭生的，可是媽媽跟人家私奔了。小女兒想要媽媽抱她，沒想到媽媽一狠心，轉頭不理她。就在這一家人糾結於如此複雜的情感狀況下，有一個小孩不理這一切，站出來指著南蘭說：「你女兒要你抱，幹麼你不睬她？你做媽媽的，怎麼一點良心也沒有？」

這個小男孩不知道苗人鳳和他父親胡一刀有過節，也不畏懼田歸農一怒之下可能就把他殺了，當下的他全然不理會。這是胡斐登場的起手式。

這個起手式就是金庸對讀者的宣告，彰顯了胡斐的本性。他不認人的，他只認什麼是對的，尤其是他有著一股直覺、衝動的感情，這就是胡斐的個性。

對他來說，即使是陌生人，根本事不關己，可他認定了，做媽媽的當女兒這樣求你抱抱她，你都狠心不理睬，那做媽媽的一定不對。看到這種不對的行為，就一定要講出來，求一個公道才行，才不管你們是誰，不管講這些話會有什麼後果。

成年後的胡斐來到佛山鎮，撞見土霸王鳳天南仗勢栽贓、欺負完全沒有抵抗餘地，也得不到任何人幫助的鍾阿四一家，正因為他們被迫害慘亡而無處昭雪，即使面對美色、哀懇、面子的考驗，胡斐就是不放過鳳天南。

金庸藉由這件事，凸顯出最純粹的「俠」之本心。這個「俠」的心裡有著絕對的標準。與他心中關於公道、正義的絕對標準相比，其他的一切通通都可以不顧。

《雪山飛狐》的故事，緣起於闖王手下胡苗范田四衛士之間的誤會，後來演變為胡家與苗范田三家的冤冤相報，也就是先人之間的糾紛，後人不被放過而累世承受。這樣的主題也延續到了《飛狐外傳》裡。商家堡的商老太要她的兒子矢志復仇，就是一種冤冤相報。在《飛狐外傳》中，金庸又刻意勾連上自己的第一部小說《書劍恩仇錄》，讓紅花會的幾位當家人物再度亮相，儼然成為《書劍恩仇錄》故事的續篇。

除了三當家趙半山傳授太極門拳訣、與小胡斐結為忘年交的情節外，總舵主陳家洛也在《飛狐外傳》尾聲中登場，而且當時的情景非常有意思，因為他被胡斐錯認為福康安。《書劍恩仇錄》依據了福康安乃乾隆私生子的傳說，所以叔（陳家洛）姪（福康安）長得像是有可能的。

這兩人相貌如此神似，在小說裡還有另外一個作用，就是胡斐請求陳家洛假扮福康安，去安慰命在垂危的馬春花。但陳家洛是何等的身分，而且紅花會的首要對頭就是滿清朝廷，陳家洛竟然會答應扮演清朝的兵馬大元帥福康安？馬春花竟然驚動得了陳家洛來為她做這件事？

馬春花在小說裡只算是個次要角色，但是她的故事自成一條軸線，貫穿了全書。小說一開場，就是馬春花跟著父親馬行空和師兄徐錚一行人來到了商家堡，她剛上場的時候：

> 十八九歲年紀，一張圓圓的鵝蛋臉，眼珠子黑漆漆的，兩頰暈紅，週身透著一股青春活潑的氣息。

按照描述，馬春花算得上是一位美女，只是才過了兩三頁，又出現了一位女角：

> 廳門推開，進來了一男一女，男的長身玉立，氣宇軒昂，背上負著一個包裹，三十七八歲年紀。女的約莫廿二三歲，膚光勝雪，眉目如畫，竟是一個絕色麗人。

這位絕色麗人就是南蘭，她一出場，馬春花立刻就被比下去了。關鍵就在這裡，馬春華有著不起眼的名字，武功和見識也不怎麼樣，更非第一等的容貌，可是胡斐卻一心一意地喜歡她，不惜甘犯大險，也要闖入戒備森嚴的福大帥府，救出馬春花從前失身福康安所生的一雙兒子。

這裡有個對比。《書劍恩仇錄》裡，陳家洛率領紅花會的英雄打進皇宮，是要想辦法讓乾隆幡然悔悟，讓江山轉回到漢人手裡，為的是家國情懷。而胡斐闖進大帥府，卻是為了馬春花的個人私事。

從這裡，我們再次清楚地看到金庸在寫作主題上的改變。寫《書劍恩仇錄》的時候，金庸還依循著武俠小說的傳統，要寫江湖大事，要寫家國大事；但是到了後來，他越來越強調，其實真情、私情比這些更加重要。

替素昧平生的鍾阿四一家打抱不平，一路追殺鳳天南到底，充分映現了胡斐堅毅的個性。而馬春花之於胡斐也同等重要。

在商家堡做小廝時，胡斐偷偷地將木靶上父親的名字刮去，刻上了「商劍鳴」的名字，等到商老太母子發現時更直認不諱，於是被它們吊起來狠狠鞭打。在那樣一個恨自己沒防備而落入敵手、痛得死去活來的情況下，馬春花開口替他求了情。馬春花不只替他說話，還願意讓商寶震佔她一點便宜，好叫他放了胡斐，讓胡斐少受一點苦。光是這個恩情，就足以讓胡斐這樣直性情、熱心腸的人一輩子不會忘。為了回報這份恩情，胡斐也不止一次地救馬春花於危難之中。

如果能體會並理解金庸給予胡斐的這些歷練、這些故事，再回頭去看《雪山飛狐》那個沒有答案的結局，想想看，你覺得胡斐那一刀會劈下去，還是不劈？

我們一般不會反覆用互文（互相呼應補充）的方式來讀武俠小說，因為大部分的武俠小說經不起這樣讀。但金庸的小說不一樣。我為什麼一再強調《雪山飛狐》、《飛狐外傳》是二連作？因為它們有太多有趣且重要的互文關係，在兩部文本當中互相比對，能解讀出更深刻的意涵。

06 能解無藥可救之毒的人

除了胡斐的個性，《飛狐外傳》還延伸出《雪山飛狐》中另一段關鍵的情節。從武俠的角度看，《雪山飛狐》中寫得最精彩絕倫的，當然是胡一刀和金面佛苗人鳳的決鬥，只是這場決鬥最後以悲劇收場——金面佛誤殺了胡一刀，因為他的刀上淬有劇毒。

在小說裡，下毒之人先是指向了大夫閻基（後來變成寶樹和尚），他在玉筆山莊的舞臺上幾次說謊、編故事，都被苗若蘭和平阿四給拆穿了。後來從陶百歲口中，大家才知道毒藥其實是田歸農給的。到了《飛狐外傳》，就從這裡拉出了一條線，而且是一條長線。這條長線經過了整部小說，到快要結束的時候，出現了一個奇怪又神秘的人，叫做石萬嗔。

石萬嗔是「毒手藥王」無嗔大師的師弟。這無嗔大師也很有意思，出家後原本法名叫做「大嗔」，後來更名「一嗔」，再改名「微嗔」，最後變成了「無嗔」。意思是他不斷地修性養心，讓原來脾氣暴躁的自己修養成一分的嗔，後來剩下半分，最終大澈大悟，無嗔無喜。

這個「無嗔」有個師弟叫「萬嗔」，從名字就知道他應該是沒什麼修養的，是一個徹底的壞人。他一出場，就是假冒無嗔大師出現在天下掌門人大會上。而在這之前，金庸為「毒手藥王」一門鋪設的線，其中的靈魂人物是無嗔的關門弟子程靈素。

《飛狐外傳》寫了兩位女主角，正因為這兩個女性角色寫得太成功了，使得金庸沒辦法回頭去改寫《雪山飛狐》。其中一位是袁紫衣，她既美麗，武功又厲害，為了收集足夠多的掌門人頭銜去參加福康安所主持的天下掌門人大會（目的在揭露湯沛罪行並暗助紅花會），袁紫衣走到哪裡都要搶人家門派的掌門人，所以只要她一出現，就是小說裡的小高潮。更進一步，她對胡斐一直若即若離，迷得他神魂顛倒，腦袋裡隨時想著她。

袁紫衣雖然是女主角，不過她身上始終存在著一股曖昧與神秘，不時跑出來亮相一下；而小說中一路陪在胡斐身邊的卻是程靈素。她自認長得不夠美，性子又有點孤僻，知道自己的容貌、武功比不上袁紫衣，沒辦法在所愛的男人心裡和袁紫衣競爭。程靈素就是如此充滿感情糾結的一個角色，但是她聰敏善良，兼且料事如神，在解決師門衝突一事上盡顯她的用毒智計，一步步地吸引著讀者，對她產生越來越多的憐惜與認同。

程靈素對待胡斐的感情是另外一種偏執。她是「毒手藥王」最得意的弟子，學的是藥、是毒，甚至種出了最厲害的毒物「七心海棠」。她的本事到什麼程度？在小說裡，她人都死了，還能靠半截蠟燭替自己報仇、清理門戶，並且再次救了胡斐。

程靈素的死和她用藥的本領息息相關。她有一本師父留下的遺作《藥王神篇》，裡面寫道：「碧蠶毒蠱和鶴頂紅、孔雀膽混用，劇毒入心，無法可治，戒之戒之。」結果是誰中了這三種劇毒呢？是胡斐。他為了救程靈素，沾上了石萬嗔彈出的煙毒。明明中了無藥可治的毒，胡斐最後卻活下來了，為什麼？程靈素這樣說：

> 她……低低的道：「我師父說中了這三種劇毒，無藥可治，因為他只道世上沒有一個醫生，肯不要自己的性命來救活病人。大哥，他不知我……我會待你這樣……」

原來程靈素用空心金針刺破了胡斐手背上的血管，然後用嘴將血中毒質全數吸了出來。胡斐身上的毒沒了，但程靈素也活不了了。她犧牲自己的性命，破解了師父在醫書中斬釘截鐵地肯定無法可治的劇毒。

胡斐在心裡這樣總結程靈素的本事和她的深情：

> 胡斐心想：「……她一切全算到了，料得石萬嗔他們一定還要再來，料到他小心謹慎不敢點新蠟燭，便將那枚混有七心海棠花粉的蠟燭先行拗去半截，誘他上鉤。她早已死了，在死後還是殺了兩個仇人。她一生沒害過一個人的性命，她雖是毒手藥王的弟子，生平卻從未殺過人。她是在自己死了之後，再來清理師父的門戶，再來殺死這兩個狼心狗肺的師兄師姊。
>
> 「她沒跟我說自己的身世，我不知她父親母親是怎樣的人，不知她為甚麼要跟無嗔大師學了這一身可驚可怖的本事。我常向她說我自己的事，她總是關切的聽著。我多想聽她說說她自己的事，可是從今以後，那是再也聽不到了。」

胡斐心裡當然充滿了悔恨。為了保有他對袁紫衣的愛情，胡斐拒絕了程靈素的心意，和她結拜成為兄妹。

「二妹總是處處想到我，處處為我打算。我有甚麼好，值得她對我這樣？值得她用自己的性命，來換我的性命？其實，她根本不必這樣，只須割了我的手臂，用他師父的丹藥，讓我在這世界上再活九年。九年的時光，那是足夠足夠了！我們一起快快樂樂的度過九年，就算她要陪著我死，那時候再死不好麼？」

忽然想起：「我說『快快樂樂』，這九年之中，我是不是真的會快快樂樂？二妹知道我一直喜歡袁姑娘，雖然發覺她是個尼姑，但思念之情，並不稍減。那麼她今日寧可一死，是不是為此呢？」

這是非常深刻的領悟和理解，蘊藏著無從安慰的內在悲哀。胡斐和程靈素各有偏執。胡斐的偏執是他對袁紫衣無法自拔的感情，而這樣的感情，偏偏搭上了程靈素對胡斐的另一份偏執的愛。這兩人的感情偏執沒有出路，最後只能以程靈素為胡斐犧牲性命來作結。

金庸把《雪山飛狐》看似已經解決的「下毒事件」延伸到《飛狐外傳》裡，重新變成一個謎團：胡一刀和苗人鳳刀劍上的毒，真的出自「毒手藥王」之手？最後真相揭曉，毒藥是「毒手神梟」石萬嗔配製給田歸農的。但重點或許已不在這裡，而是金庸得以創造出程靈素這樣一個既偏執又可愛感人的悲劇性角色。

金庸非常明白，曾經滄海難為水，當胡斐經歷過這兩段如此刻骨銘心的愛情，他對人生、對感情會有完全不一樣的認知，就絕對不可能是《雪山飛狐》中所寫的，一見苗若蘭就鍾情的那種天真青年。

然而我之前就說過了，金庸在連結這兩部作品時的失敗，不應該就此抹殺掉這兩部作品間非常有趣的呼應關係，也不應該因此而忽略了各自的成就：《雪山飛狐》裡舞臺劇般的特殊筆法，以及《飛狐外傳》裡創造了像程靈素這樣非典型的女性角色，所留給我們的深刻印象與感動。

第三章

《鴛鴦刀》

咒語一般的「江湖上有言道」

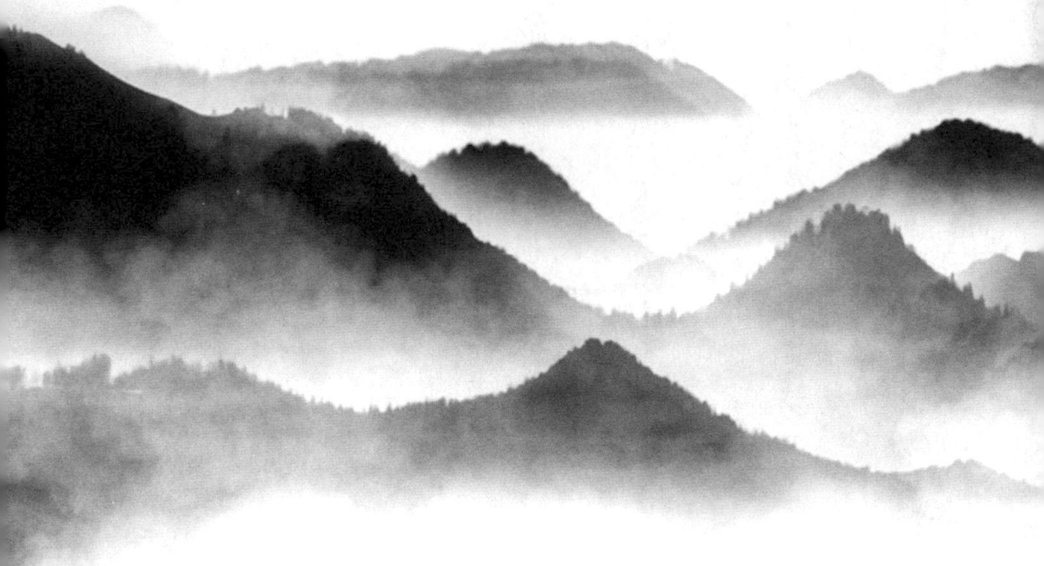

01 江湖的經驗法則有用嗎？

《鴛鴦刀》這部篇幅短小的作品，是一九六一年金庸在《明報》刊載的一部諷刺之作。小說一開頭，第一個句子、第一個段落收在一個驚嘆號上：「四個勁裝結束的漢子並肩而立，攔在當路！」

這四個人的模樣引發了故事中護送寶刀的總鏢頭周威信一連串的狐疑和擔心：

若是黑道上山寨的強人，不會只有四個，莫非在這黑沉沉的松林之中，暗中還埋伏下大批人手？如是翦徑的小賊，見了這麼聲勢浩大的鏢隊，遠避之唯恐不及，那敢這般大模大樣的攔路擋道？

於是得到初步結論：這四個人是武林高手，而且是衝著自己所帶領的鏢隊而來。周威信接著凝神打量這四個人：

最左一人短小精悍，下巴尖削，手中拿著一對峨嵋鋼刺。第二個又高又肥，便如是一座鐵塔擺在地下，身前放著一塊大石碑，碑上寫的是「先考黃府君誠本之墓」，這自是一塊墓碑了，不知放在身前有何用意？黃誠本？沒聽說江湖上有這麼一位前輩高手啊！第三個中等身材，白淨臉皮，……他手中拿的是一對流星鎚。最右邊的是個病夫模樣的中年人，衣衫襤褸，咬著一根旱煙管，雙目似睜似閉，嘴裏慢慢噴著煙霧，竟是沒將這一隊七十來人的鏢隊瞧在眼裏。

這就是一般武俠小說一個聳動的開場，讀者馬上感到一種懸疑氣氛：到底這四個人是誰？他們有什麼打算？他們各自懷有什麼武功？接下來要展開怎樣的一場大戰？

不過就在前面所引的段落中（即刪節號之處），金庸放了幾個奇怪的句子，立刻就讓讀者覺得不是一般武俠小說的寫法。金庸怎麼接著形容那個「白淨臉皮」第三人的長相的？

> 若不是一副牙齒向外凸出了一寸，一個鼻頭低陷了半寸，倒算得上是一位相貌英俊的人物……

這是什麼描述？什麼醜模樣？怎麼會說除了這個缺點外，算是相貌英俊？這不是正經的寫法。

接下來是周威信內心的嘀咕。他是陝西西安府威信鏢局的總鏢頭，名頭很響亮，人稱「鐵鞭鎮八方」。可是周威信遇到這四個人，一點都沒有「鎮八方」的膽色，心裡轉的念頭都是想辦法趨吉避凶的門道，也就是把「江湖上有言道」的「金玉良言」，作為強化自己內心想法的印證。「江湖上有言道」指的是行走江湖的conventional wisdom，也就是江湖人長久以來經驗累積的生存指導方針。

這六個字像是咒語一般，周威信但凡遇到了什麼狀況，心裡馬上就搬出「江湖上有言道……」。整個算一下，「江湖上有言道」這句話在三萬多字的小說裡一共出現了二十六次。第一次是這樣出現的，當時周威信心裡想到了好多江湖上的軼聞往事：

> 一個白髮婆婆空手殺死了五名鏢頭，劫走了一枝大鏢；一個老乞丐大鬧太原

> 府公堂，割去了知府的首級，倏然間不知去向；一個美貌大姑娘打倒了晉北大同府享名二十餘年的張大拳師……越是貌不驚人、漫不在乎的人物，越是武功了得，江湖上有言道：「真人不露相，露相不真人。」

這不只是江湖的傳統智慧，回頭想一想，武俠小說不都是這樣寫的嗎？甚至金庸自己的小說也會這樣寫：貌不驚人的老乞丐，大家沒把他放在眼裡，卻突然變身為武功高手，像是《連城訣》的言達平；美貌的大姑娘，動不動一出手，就打敗了強悍彪軀的武師，那是《飛狐外傳》的袁紫衣；深藏不露的龍鍾老婆婆，就有《倚天屠龍記》的金花婆婆。

於是想當然耳，擋道的這四個人應該也是「真人不露相，露相不真人」、「善者不來，來者不善」，遇上了最好「忍得一時之氣，可免百日之災」。更何況他們的外號名頭多響亮：一個是「煙霞神龍逍遙子」，一個是「雙掌開碑常長風」，一個是「流星趕月花劍影」，最後一個長得不得了——「八步趕蟾、賽專諸、踏雪無痕、獨腳水上飛、雙刺蓋七省蓋一鳴」。但是搞了半天，什麼「太岳四俠」都是蓋的，吹牛皮吹了這些好聽的頭銜，功夫卻稀鬆平常得不得了，一下子就通通被打跑了。

《鴛鴦刀》這篇小說的敘事特點，不在於服膺這些信條，而在於反轉。周威信動不動就想起「江湖上有言道」，但是故事接下來的發展都證明周威信想錯了，「江湖上有言道」錯用了，而且大錯特錯。

02 開了自己玩笑的夫妻刀法

太岳四俠劫鏢失敗後，其中逍遙子受了傷，躲在密林之中。突然有一男一女先後衝進樹林，邊鬥邊罵，男的執刀罵說：「賊婆娘，你這般狠毒，我可要手下無情了！」女的就回罵：「今日不打死你，我任飛燕誓不為人。林玉龍，你還不給我站住？」吹牛皮的太岳四俠見機又想打劫，卻哪裡攔得住兩人：

任飛燕拉開彈弓，一陣連珠彈打出。蓋一鳴眉心中了一彈，花劍影卻被打落了一顆門牙。……回首吧的一響，一彈打出，將逍遙子手中的煙管打落在地。這一彈手勁既強，準頭更是奇佳，乃是彈弓術中出名的「回馬彈」。……耳聽得兩人越罵越遠，向北追逐而去。花劍影道：「大哥，這林玉龍和任飛燕是甚麼人物？」

讀者也想知道，他們究竟是什麼來歷？逍遙子想了一下，答道：「林玉龍是使單刀的好手，那婦人任飛燕定是用彈弓的名家。」這不是廢話嗎？大家明明都看到一個拿刀，一個用彈弓，他有講出任何讀者不知道的嗎？沒有。但旁邊的蓋一鳴立刻就說：「大哥料事如神，言之有理。」言之有理，因為這是事實，而料事如神，就純粹是巴結拍馬屁了。

看到這裡，讀者已經非常清楚，這是金庸的一部戲作。金庸頗有幽默感，讀金庸小說的人都很熟悉，這不是什麼新鮮的事情。金庸小說吸引人的地方，也是讓他跟其他武俠小說家拉開距離的特點之一，就在於他的幽默感。

像是《射鵰英雄傳》裡的老頑童周伯通。他可愛、有趣，講起話來瘋瘋癲癲的，讀者讀著讀著忍不住就會微笑，有時甚至會笑出聲來。用幽默的方式寫言語的詭辯與插科打諢，金庸到了後來越加爐火純青，《笑傲江湖》就出現了桃谷六仙，看他們一刻不歇地鬥嘴，讓讀者讀得樂不可支。我必須承認，到後來都讀上癮了。如果有一陣子桃谷六仙沒上場，我還會期待他們趕快出來，看看金庸還能夠寫出什麼樣的鬥口內容。

到了《鹿鼎記》，主角韋小寶更是最會胡說八道、也最會鬧笑話。如果以《笑傲江湖》、《鹿鼎記》為標準，《鴛鴦刀》的幽默感似乎還沒有那麼高段。不過《鴛鴦刀》畢竟不太一樣，因為金庸在小說裡多加了一樣東西——諷刺。

金庸諷刺的對象，正是武俠小說的陳腔濫調。當時臺灣、香港很多人在寫武俠小說，有的這裡抄襲一點、那裡模仿一點，套用各種各樣的「公式」，小說看了開頭，讀者就知道後面會怎麼寫了。金庸或許就是用《鴛鴦刀》來諷刺那些粗製濫造的武俠小說吧。

還不只如此，金庸甚至拿自己開刀。這個時間點，金庸的《神鵰俠侶》已連載到後半部。《神鵰俠侶》中最驚人的武功是什麼？就是玉女素心劍法。當楊過使全真劍法，配合小龍女的玉女劍法，兩人心意相通，彼此呼應，就能將祖師林朝英創制的這一套武功發揮到淋漓盡致。

原來只有兩個人真心相愛，才能夠將劍法的威力施展出來，連蒙古第一高手金輪法王也抵擋不了。到了《鴛鴦刀》，金庸就拿自己發明的這套武功來開玩笑，類比地在《鴛鴦刀》裡設計了一套「夫妻刀法」。使這套刀法的是一對真正的夫妻，就是林玉龍和任飛燕。

不過正因為他們是夫妻，反而練不成夫妻刀法，因為現實中的夫妻隨時可能都在吵架，怎麼樣都無法好好配合。夫妻心意一定相通吧？金庸彷彿在一旁自己冷笑說，現實裡的夫妻真的是這樣嗎？

反而是倒過來，小說裡本來不相干的一對男女袁冠南和蕭中慧，為了要共同對抗強敵，臨時抱佛腳去練夫妻刀法，反而在過程中培養出情愫來。已經是夫妻的耍不開夫妻刀法，但夫妻刀法卻可以讓原來沒關係的兩人產生感情，最後結成夫妻。

另一個更大的嘲諷，也是金庸針對自己的。

貫串《倚天屠龍記》故事，引起武林爭奪的兩把神兵利器——倚天劍、屠龍刀，江湖上有傳言：「武林至尊，寶刀屠龍。號令天下，莫敢不從。倚天不出，誰與爭鋒？」亦即兩者加在一起，就可以稱霸武林。其實更早時候，金庸就在小說《鴛鴦刀》用了同樣的模式：鴛刀和鴦刀是兩柄寶刀，一長一短，傳言誰拿到了便能得知「無敵於天下」的秘密。

可是鴛鴦刀「無敵於天下」的秘密充其量就是一個笑話，原來鴛刀刀刃上刻著「仁者」二字，鴦刀上面則刻著「無敵」二字，加在一起就是「仁者無敵」。這不過是總結了儒家的信念，如果做國君的願意慈愛百姓，百姓就會愛戴國君，國君就等於無敵天下了。這跟武林、江湖扯不上任何關係。

《鴛鴦刀》用這種方式諷刺了以為奪到什麼厲害的武功秘笈，或是什麼了不起的寶刀寶劍，就可以無敵天下、稱霸武林的小說敘事。金庸像是在說，有這回事嗎？這些都是騙人的。而偏偏這就是武俠小說最常見的套路。

可是如果沒這回事的話，倚天劍、屠龍刀又是怎麼回事？金庸已經先看破了這件事情的虛妄，在《鴛鴦刀》裡自己把它點破了。金庸了不起的地方就是，他還是可以用這種方法一步步地鋪陳倚天劍和屠龍刀的這種神話。

很顯然，這不是單純的幽默感。不要說寫武俠小說的人，就是放眼所有的小說作家，有誰像金庸那麼豁達，又那麼幽默？沒有這種豁達、幽默的個性，也就不會有《鴛鴦刀》這樣豁達和幽默的寫法。金庸是拿整個武俠小說傳統來開玩笑，而且他不是尖刻地嘲弄別人，而是戲謔地拿自己還在寫的、準備要寫的小說開玩笑。《鴛鴦刀》裡好多的套路，金庸在自己的小說中也擺脫不掉。他用這種輕鬆的方式自嘲，也帶出了深層的反省。

寫武俠小說有簡單的地方，也有困難的地方，作為武俠小說家要有所選擇。武俠小說必然有一些套路，如果完全沒有這些東西，就不成其為武俠小說。但是一位武俠小說作者不能沉溺於此，或者老是挑容易的路走。走多了、走久了，自己不厭惡嗎？當自己都厭煩了，讀者能不煩嗎？因此，在簡單的寫法之外，還要保有這份自尊心，願意選擇困難的原創路去走，能夠在套路之中穿插創意。

金庸雖然也運用套路，為什麼不會讓讀者感覺到可笑或厭煩，因為金庸小說層層相扣的大架構，以及帶動故事不同的人物性格，都是新鮮的、特別的。當有這麼多新鮮、特別的內容作為主軸，套用類型小說固定寫法，讀者很容易就能接受，亦不會妨礙小說的價值。

讀《鴛鴦刀》可以得到兩項重要的結論。第一，讀金庸的武俠小說，可以試著去辨析、找出它的獨特之處。如果只是看到那些套路，不算讀懂了金庸小說。第二，我們由衷地感受到了，在作品背後有一位無比豁達幽默的作者，這多麼難得、多麼珍貴。

第四章

《白馬嘯西風》

強人從己之惡

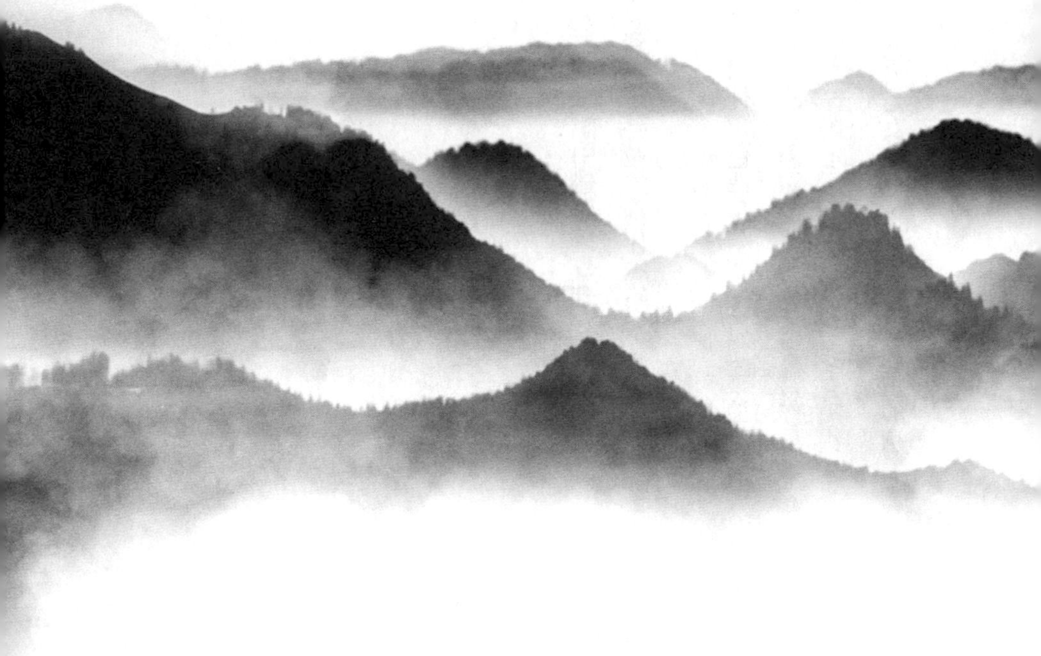

01 以女性作為主角的武俠小說

除了《鴛鴦刀》外，金庸還有一部短篇作品《白馬嘯西風》。（以《卅三劍客圖》改寫的小說《越女劍》不計。）

如果獨立來看，《白馬嘯西風》大概是金庸所有小說中最難感覺到其筆法特色的，沒有太多的可觀之處。但如果將這部小說放到金庸整體的創作脈絡下，倒是浮現了幾個凸出的重點。

全篇故事基本上都環繞在女主角李文秀身上，男性角色都是陪襯。看起來最像男主角的是哈薩克人蘇普。不過有一些明確的條件，讓我們知道蘇普也不能當作男主角。首先，蘇普沒有什麼了不起的武功；其次，蘇普愛的不是李文秀，他對李文秀有的只是小時候情竇初開的懵懂情愫。既然李文秀是女主角，那麼蘇普感情的選擇，也就違背了一般對男主角的預期與設定。

李文秀的父母因為擁有高昌迷宮地圖而受到追殺，一路逃到回疆仍然殞命，留下李文秀獨自在西域長大，而她個性上最重要的特點，就是善良與癡情。

李文秀愛上了跟她青梅竹馬一起長大的蘇普，但李文秀是從中原流落回疆的漢人，蘇普卻是土生土長的哈薩克人，更麻煩的是，蘇普的哥哥和媽媽都被漢人強盜所殺，他的父親蘇魯克對漢人抱有根深蒂固的偏見和仇恨。李文秀不忍心看到蘇普因為和自己來往而被蘇魯克狠狠責打，所以她做了一個決定——撮合了蘇普和另一個哈薩克女孩阿曼。

於是《白馬嘯西風》就有了延續下來的、可以被讀者辨認的金庸小說的特性，這是一個愛的考驗。金庸小說寫到後來，在感情的面向上，似乎只有偏執狂才值得被寫。用這個標準看，蘇普就不合格。

李文秀為了不讓蘇普陷入父子決裂的困境中，悄悄地把蘇普送給她的狼皮轉贈給了阿曼，這是李文秀的自我犧牲。而蘇普怎麼回應呢？他並沒有堅持不管父親如何反對，他就是愛定了這個漢人姑娘；同時，他也沒有拒絕那個年紀相仿、如花朵般的女孩阿曼。

蘇普不是偏執狂，他是正常人，後來也慢慢淡忘了小時候曾經跟他交好的李文秀。李文秀才是偏執狂，而她的偏執不是堅持要蘇普愛她，而是她無論如何都無法變心。這無法變心的癡情，決定了一個人會用什麼方式面對愛情，甚至面對自己的人生。

《白馬嘯西風》的結尾巧妙地呼應了這個主題：

白馬帶著她一步步的回到中原。白馬已經老了，只能慢慢的走，但終是能回到中原的。江南有楊柳、桃花，有燕子、金魚……漢人中有的是英俊勇武的少年，倜儻瀟洒的少年……但這個美麗的姑娘就像古高昌國人那樣固執：「那都是很好很好的，可是我偏不喜歡。」

她沒有辦法喜歡上蘇普以外的其他人，這是她的宿命，是她的執著。所以這部小說沒有男主角，只有女主角。

02 愛情是勉強不來的

《白馬嘯西風》以李文秀為女主角，除了蘇普以外，她也遇到了兩段非常奇特的感情。

其中一段是馬家駿對李文秀的感情。「馬家駿」這個名字，一直到故事快要結束時才出現，前面大部分的時間，這個人叫做計老人。原來他既不姓計，也不是個老人，而是一個假扮成老人的三十多歲漢子。回頭算一下，當李文秀逃到哈薩克人聚落、被計老人收養時，這個計老人不過才二十來歲。但馬家駿的身分剛被揭露，沒有多久就死了。

馬家駿為了躲避師父華輝（瓦耳拉齊）而一直扮作了老人，當李文秀為了幫蘇普救出被迷宮「惡鬼」（就是瓦耳拉齊）擄走的阿曼時，計老人害怕得要李文秀和他一起回中原去。他說：

「回到了中原，咱們去江南住。咱們買一座莊子，四周種滿了楊柳桃花，一株間著一株，一到春天，紅的桃花，綠的楊柳，黑色的燕子在柳枝底下穿來穿去。阿秀，咱們再起一個大魚池，養滿了金魚，金色的、紅色的、白色的、黃色的，你一定會非常開心……可比在這兒好得多了……」

這是他給李文秀的一個夢想，但後來他為了救李文秀而死，這個夢想不可能實現了。李文秀心裡立刻透亮，她明白發生了什麼事：

她眼眶中充滿了淚水，問馬家駿道：「計……馬大叔，你……你既然知道他沒死，而且就在附近，為甚麼不立刻回中原去？」……馬家駿沒回答她的問話就死了，可是李文秀心中卻已明白得很。馬家駿非常非常的怕他的師父，可是非但不立即逃回中原，反而跟著她來到了迷宮；只要他始終扮作老人，瓦耳拉齊永遠不會認出他來，可是他終於出手，去和自己最懼怕的人動手。那全是為了她！

這十年之中，馬家駿以爺爺般的身分，和李文秀這個小女孩一起生活，但他其實是個壯年人：

世界上親祖父對自己的孫女，也有這般好嗎？或許有，或許沒有，她不知道。

也許李文秀是故意不想知道，作為讀者卻是知道的：馬家駿愛上了李文秀。如果考慮到自己，他就應該一直躲起來；就算他放心不下，跟著李文秀來到迷宮，也應該在旁邊看著就好，什麼事都不要做。可是一旦他見到李文秀有危險，便奮不顧身，和他最害怕的師父過招。他知道師父的武功有多高，更何況他當年暗算過華輝，在華輝的背上刺了三根毒針，華輝不可能放過他的。他明知自己一現身就是死路一條，仍然這麼做了。這就是馬家駿的癡情。

除此之外，還有一段更古怪的感情，就是瓦耳拉齊對李文秀的畸戀。他是馬家駿的師父，誤打誤撞也成了李文秀的師父。這個人最大的特色就是性子殘酷。小說裡有這麼一段描述，他竟然放過了漢人強盜陳達海：

瓦耳拉齊道：「……我在他後腦上一拳，打暈了他，把他關在迷宮裏，前天下午，我從他懷裏拿了那幅手帕地圖出來，抽去了十來根毛線，放回他懷裏，再蒙了他眼睛，綁他在馬背之上，趕他遠遠地去了。」

李文秀想不到這個性子殘酷的人居然肯饒人性命，問道：「你為甚麼要抽去地圖上的毛線？」瓦耳拉齊乾笑數聲，十分得意：「他不知道我抽去了毛線的。地圖中少了十幾根線，這迷宮再也找不到了。這惡強盜，他定要去會齊了其餘的盜夥，憑著地圖又來找尋迷宮。他們就要在大戈壁中兜來兜去，永遠回不到草原去。這批惡強盜一個個的要在沙漠中渴死，一直到死，還是想來迷宮發財，哈哈，嘿嘿，有趣，有趣！」

這個時候，瓦耳拉齊自己也身受重傷快死了，這就是他殘酷的本性。而李文秀怎麼想呢？

想到一羣人在烈日烤炙之下，在數百里內沒一滴水的大沙漠上不斷兜圈子的可怖情景，李文秀忍不住低低的呼了一聲。這羣強盜是殺害她父母的大仇人，但如此遭受酷報，卻不由得為他們難受。要是她能有機會遇上了，會不會對他們說：「這張地圖是不對的？」

這是李文秀的心軟，卻也凸顯出這些強盜是徹底的咎由自取。她如此自問，得到心裡真實的答案是，她會說的。可是她很快就明白，就算她說了，他們也不會相信：

> 他們一定要滿懷著發財的念頭，在沙漠裏大兜圈子，直到一個個的渴死。他們還是相信在走向迷宮，因為陳達海曾憑著這幅地圖，親身到過迷宮，那是決計不會錯的。迷宮裏有數不盡的珍珠寶貝，大家都這麼說的，那還能假麼？

瓦耳拉齊的殘酷到什麼程度呢？他快要死的時候，李文秀在旁邊陪著他說話，他忍不住說：「阿秀，我……我孤單得很，從來沒人陪我說過這麼久的話，你肯……肯陪著我麼？」突然之間，瓦耳拉齊起了壞念頭：

> 他……右手慢慢的提起，拇指和食指之間握著兩枚毒針，心道：「這兩枚毒針在你身上輕輕一刺，你就永遠在迷宮裏陪著我，也不會離開我了。」

瓦耳拉齊太喜歡李文秀了，以至於想要毒殺她，讓她永遠陪在自己身邊。就在這千鈞一髮之際，李文秀就要因為這畸形的感情被瓦耳拉齊帶到可怕的死亡之地，在黑暗之中，她絲毫不知道毒針離自己很近，但她說了一句話：「師父，阿曼的媽媽，很美麗嗎？」

阿曼的媽媽就是瓦耳拉齊當年愛上卻得不到的女子雅麗仙，這是他人生中最深的無奈。愛情完全勉強不來，得不到就是得不到。

瓦耳拉齊……突然間全身的力氣消失得無影無蹤，提起了的右手垂了下來，他一生之中，再也沒有力氣將右手提起來了。

這是《白馬嘯西風》最重要的主題：愛情是勉強不來的。從這裡，又引申出一個更大的結論，金庸為什麼要將故事拉到回疆呢？因為他要利用這個時空背景，講述高昌國的故事：

原來這地方在唐朝時是高昌國的所在。

那時高昌是西域大國，物產豐盛，國勢強盛。唐太宗貞觀年間，高昌國的國王叫做鞠文泰，臣服於唐。唐朝派使者到高昌，要他們遵守許多漢人的規矩。鞠文泰對使者說：「鷹飛於天，雉伏於蒿，貓遊於堂，鼠噍於穴，各得其所，豈不能自生邪？」意思是，雖然你們是猛鷹，在天上飛，但我們是野雞，躲在草叢之中，雖然你們是貓，在廳堂上走來走去，但我們是小鼠，躲在洞裏啾啾的叫，你們也奈何我們不得。大家各過各的日子，為甚麼一定要強迫我們遵守你們漢人的規矩習俗呢？唐太宗聽了這話，很是憤怒，認為他們野蠻，不服王化，於是派出了大將侯君集去討伐。

這是高昌被滅國的原因。雖然鞠文泰造了一座迷宮，將珍奇寶物都藏在宮裡，卻被唐朝大軍全部搜刮了去。唐太宗再賜大量漢人的書籍、衣服、用具、樂器，高昌人也不願瞧上一眼，全都堆在迷宮中。

金庸藉此點出了「強人從己」這件事，不只強迫人家聽你的命令，還要別人學習你、模仿你，要別人跟你過一樣的生活。這種權威、這種霸道，是非常可怕的惡。這樣的諷諭在《白馬嘯西風》裡出現，不過要到《笑傲江湖》才完全開展。

《笑傲江湖》以五嶽劍派為敘事核心，本來五派各自好好的，沒想到嵩山派掌門左冷禪卻硬要把五派合成一個五嶽派，結果引發了一連串的明逼暗害與權謀角力。相對照的，令狐冲之所以稱得上「俠」，因為他跟他的師父、跟嵩山派那些想要強人從己的妄人完全相反。令狐冲就是一個徹底的自由派，才會以男子之身去當恆山派的掌門。不過恆山派這些尼姑都知道令狐冲的為人，他一定會尊重她們，讓她們使自己的劍法，去過她們的生活，不會勉強她們要變成什麼。

這是人與人之間的信任與尊重，也是金庸藉由令狐冲這個角色所彰顯出最高尚的人格價值。

第五章

《連城訣》以荒誕靠近現實

01 模糊的主角，主題的彰顯

要談《連城訣》，必須先回到《倚天屠龍記》。在《倚天屠龍記》後半部，金庸開啟了一個新主題，就是「誤會」和「冤枉」。

第三十二回〈冤蒙不白愁欲狂〉中，張無忌在雪地山洞發現了七師叔莫聲谷的屍體，就在這個時候，剛好又被宋遠橋等幾位師伯叔撞見。他們原本就有些猜疑，這時更認定張無忌就是弒叔的殺人兇手。張無忌遭受冤枉，無從辯白，便想拿劍往頸中一抹，這時趙敏在他身旁說了句話：

> 趙敏忽然叫道：「張無忌，大丈夫忍得一時冤屈，打甚麼緊，天下沒有不能水落石出之事。……」

既然無從解釋，那就不要再解釋，想辦法查明真相才是。小說裡，這一段「蒙冤」情節的節奏寫得特別快，也許因為金庸太偏心張無忌，捨不得讓他一直處於誤會中。所以金庸用誇張的巧合安排，在張無忌和武當四子都能偷聽到的情況下，讓陳友諒追著宋青書出現，從兩人的對話中揭露了事情的原委。

這段情節其實藏著一個深刻的反諷，趙敏對張無忌說「大丈夫忍得一時冤屈，打甚麼緊」，但小說裡真正最冤屈的人是誰呢？就是趙敏。此時張無忌不但認定是趙敏殺死了殷離，還將倚天劍、屠龍刀下落不明的這筆帳也算到她頭上。趙敏受到的冤屈不會比張無忌來得少，她反而還寬慰張無忌說，你要忍得下一時的冤苦。趙敏就是這樣想盡了各種方法，才讓張無忌瞭解這一切不是她做的。

只是在某種意義上，這或許是趙敏的原罪，因為她是蒙古郡主、汝陽王之女，從身世上就有一切被誤會的理由，畢竟她一開始的作為，就是要瓦解漢人武林對元朝政權的反抗。對於趙敏，我們總覺得她不是單純的壞人，可是要相信她是好人也不容易。反過來，要我們懷疑周芷若幹了什麼大壞事，也很困難。

這就是金庸寫小說的一個絕招，同時也是他的罩門。金庸不斷挑戰武俠小說中關於善惡的分判，他不寫單純的好人。勉強一點，郭靖算是單純的好人，但這樣的標準就不適用於黃蓉，更不要說她的父親黃藥師。不過金庸前期的武俠小說還是保留了一個讓讀者放心的好壞分野，至少在《倚天屠龍記》之前，那就是「種族主義」。

《射鵰英雄傳》中，郭靖即使在蒙古大漠長大，曾經加入成吉思汗麾下，但最終還是以鎮守襄陽作為「俠」之職志所繫。也就是說，金庸在好壞善惡的判斷上有著這麼一條清楚的線。不過到了《倚天屠龍記》後半部，在趙敏的身上，這條線開始有了變化。

趙敏原來純粹站在蒙古的立場上，她學武功、耍詭計，是為了幫助朝廷來對付中原武林人士。可是她後來變了。是什麼力量改變了她？這也是金庸小說一路延續下來的「愛情至上論」。由於對張無忌的感情，趙敏甘願放棄自己蒙古人的身分和立場。

趙敏曾經對張無忌說：「管他甚麼元人漢人，我才不在乎呢。你是漢人，我也是漢人。」趙敏只認張無忌、只愛張無忌，這跟她原來是什麼身分地位、什麼種族出身是無關的。趙敏放棄了她的蒙古人認同，在心裡認定自己是一個漢人。

為什麼要把女主角設定為蒙古人呢？在情節推動上，它的作用是讓趙敏有先天被懷疑的條件，構成了小說中的懸疑感。不過愛情對趙敏產生的作用，相當程度上也對張無忌有所影響。因為趙敏的蒙古人身分，張無忌認定趙敏是可惡的、有所圖謀的，但他明明覺得眼前這人是個小妖女，心裡卻還是放不下、捨不得。這就是愛情的作用。

愛情的力量在趙敏身上，是讓她跨越了自己的種族身分，認同張無忌；而愛情在張無忌身上所產生的效果，是給了他一種奇特的直覺，覺得趙敏不應該那麼壞，所以才一次又一次懸宕在復仇與否的抉擇之中，形成一種懸扣著的張力。

至於周芷若的命運最重要的轉捩點，是滅絕師太之死，因為她臨死前的重責相託，斷絕了周芷若正常行事的可能性。滅絕師太為什麼會死？那是因為她不能受一點點冤枉。在萬安寺事件中，范遙為了取得十香軟筋散的解藥，向鹿杖客撒謊說，周芷若是他和滅絕師太所生的女兒。為了這個權宜的謊言，滅絕師太氣得要跟范遙拚命，她不能背負任何一點點的誣陷。這就是為什麼說，「冤屈」與「誤解」是《倚天屠龍記》後半部極為重要的主題。

一九六三年，金庸的報業版圖擴展到東南亞，為了和新加坡《南洋商報》合辦一本隨報附贈的新雜誌《東南亞周刊》，金庸寫了一部小說《素心劍》，後來修訂時改名《連城訣》。《素心劍》（為行文方便，後文皆以《連城訣》稱之）創作的時間在《倚天屠龍記》之後，和《倚天屠龍記》也有很不一樣的地方。

首先，《連城訣》沒有明確的歷史背景（小說回目插圖中的男子薙髮留辮，有人推斷為康熙年間，也有明朝中前期的說法）；其次，《倚天屠龍記》是以門派為核心來架構起江湖恩怨，可是在《連城訣》中，派別卻一點都不重要。它是一部沒有歷史背景、也不以派別為重的武俠小說。

還有一個奇特的地方，《連城訣》的主角是狄雲，可是狄雲給讀者的印象卻十分模糊。他是一個什麼樣個性的人？即使讀過小說，我們都不見得能馬上講得出來。這是為什麼？或許可以從「武」的部分和「俠」的部分分別來看。

從「武」的角度看，對比《倚天屠龍記》裡的張無忌，他的武功來歷與進境有非常細膩的鋪陳，令讀者印象深刻；而《連城訣》裡的「武」，相較起來描寫得有些拙劣。狄雲的功夫原本不怎麼樣，師父戚長發根本就是胡亂教他的，直到狄雲入獄，得丁典傳授《神照經》，內功才大有長進。不過這個《神照經》也很神，它號稱武學第一奇功，打破了一般武俠小說的基本規範，竟然能夠讓氣絕半個時辰的狄雲起死回生；狄雲在牢裡修習，似乎學得也很容易。

按照武俠小說的慣例，如果被穿了琵琶骨（即肩胛骨），基本上就是個廢人，任何武功都使不出來了。而在《連城訣》裡，丁典和狄雲都被穿了琵琶骨：

> 只見這人滿臉虬髯，頭髮長長的直垂至頸，衣衫破爛不堪，簡直如同荒山中

的野人。他手上手銬，足上足鐐，和自己一模一樣，甚至琵琶骨中也穿著兩條鐵鍊。

即使如此，丁典的武功卻絲毫不受影響，狄雲後來也是，都是因為有《神照經》法門。除此之外，丁典還將敵人身上的一件烏蠶衣取下來給了狄雲，這件烏蠶衣就像黃蓉家傳的軟蝟甲，好幾次護住了狄雲的性命。這還不夠，狄雲出獄後遇到了血刀門惡僧寶象，無意中得到了《雪刀經》，困在雪谷的時候把它練成了。不是說狄雲的武功養成不夠曲折，而是武功和其人形象有些難以連結，描述過程也較為粗糙。

從「俠」的角度看，《連城訣》也沒有刻意著墨這一部分。金庸其他大長篇小說裡的男主角，都有很了不起的事功，例如郭靖先是隨蒙古軍西征，後來則死守襄陽，在南宋滅亡之前，做了延續朝祚的最後努力；張無忌扭轉了明教的命運，解決了明教和武林正道之間的恩怨，更讓明教成為推翻腐敗朝廷的主要力量——他們都是「俠之大者」。狄雲呢？狄雲幾乎算是武林的邊緣人，他對武林沒有任何貢獻，更不要說貢獻能力於家國了。

在「武」的方面、「俠」的方面，狄雲都不重要。那麼《連城訣》是一部失敗的作品嗎？當然不是。金庸真是一位具備高度創造力與爆發力的作家。當時他一邊寫《天龍八部》，故事是由三個男主角串連起宋遼大理西夏這樣廣大跨度的武林恩仇，寫到那樣的地步，同一時間突然又去寫《連城訣》。

《連城訣》真正的主角並不是狄雲，而是透過狄雲這個角色所要表達的主題。狄雲、戚芳或水笙，表面上看是男、女主角，但在小說裡，他們個人如何不是真正的重點，尤其是狄雲，金庸將他寫成了被人欺負、被人冤枉的終極代表。《連城訣》寫的就是一個受盡欺辱、屢遭冤枉的人的故事。

正是在這一點上，《連城訣》連接上了《倚天屠龍記》。

我的推斷是，在《倚天屠龍記》後半部，金庸寫趙敏和張無忌如何被誤會、受冤枉，寫到後來覺得不過癮，於是決定在《連城訣》裡，用比較小的篇幅，專心地寫一個被冤枉到極致的人。不像張無忌受冤是一時的，狄雲可是被冤枉了好多次。而且最糟的是，也讓狄雲深受打擊的，就是他最在意的人竟然不相信他。

在《連城訣》裡，狄雲就是一個鄉下傻小子。傻到什麼程度呢？傻到讀者一看到就想笑他，因為他連最基本的唐詩都一點不懂。他的師父戚長發教了他一套「躺屍劍法」，甚至欺弄他：

那老者……說道：「……咱們這一套劍法，是武林中大大有名的『躺屍劍法』，每一招出去，都要敵人躺下成為一具死屍。……聽著叫人害怕，那才威風哪。……」

「躺屍劍法」原來應該叫做「唐詩劍法」，因為每一招名稱都是出自《唐詩三百首》裡的詩句。金庸也沒有要考讀者，他選的都是常見的句子，像是「落日照大旗，馬鳴風蕭蕭」、「孤鴻海上來，池潢不敢顧」，但是在「躺屍劍法」裡，變成了「落泥招大姐，馬命風小小」、「哥翁喊上來，是橫不敢過」，這全是戚長發故意唸錯、教錯的。

一個鄉下傻小子跟了一個老奸巨猾的師父，傻小子到師伯家拜壽，穿了一套新衣服，因為愛惜這套衣服而惹出了後面一連串的事端。狄雲被萬圭等人教訓，然後出現了一個老乞丐，教他幾招，他回去就打贏了。打贏了更糟，人家就開始陷害他，就連跟他一起長大的師妹戚芳都開始誤會他。一直到小說最後，狄雲走到哪裡，冤枉、誤會就跟著他到哪裡。

所以，這部小說的重點不在狄雲，而是看金庸如何寫人性的壞，寫一個人的惡意加諸在另一個人身上的可怖，可以陷害、傷害別人到如此地步。

用這種方式，我們讀《連城訣》，一方面和《倚天屠龍記》有一種微妙的承繼關係；另一方面，它又從《倚天屠龍記》及以往的武俠小說蛻化出來，找出了另一種不同的寫法。

02 被冤枉到極致的人

《連城訣》寫什麼？如果套用杜思妥也夫斯基的一本小說書名《被侮辱與被損害的人》，金庸的《連城訣》寫的就是「被霸凌與被冤枉的人」，也就是狄雲。

狄雲先是在師伯萬震山的家裡被霸凌、冤枉過一次，遭他們誣陷採花又偷盜，嚴重到被關進大牢裡。和他被囚一室的囚犯叫丁典，不但瘋瘋癲癲的，還對他又打又罵，有點像《倚天屠龍記》裡的謝遜。狄雲後來和丁典有了推心置腹的交情，才知道丁典苦守著和凌霜華之間的愛情，讓覬覦「連城訣」的凌退思再三陷害，同樣是個可憐人。最終狄雲出了獄，但是他出獄之後，就能夠讓自己的冤屈真相大白了嗎？並沒有。

丁典死了，狄雲抱著丁典的屍體，要去完成丁典和凌小姐合葬的心願，卻遇到了血刀門的惡僧寶象。寶象武功很高，道德卻十分卑下，甚至還想把狄雲給吃了。

寶象喝了毒老鼠湯而死，狄雲就披上寶象的衣服，結果馬上讓人誤以為他便是惡名昭彰的淫僧。

在這中間，金庸還寫了一段令人好笑又覺殘酷的情節，那就是狄雲為了騙過寶象的追捕，竟然硬生生地將自己的鬍子和頭髮全都一根根拔光。變成光頭的他，看起來更像是個和尚，再披上血刀門的僧袍，難怪他一路下來不斷被誤會。後來他遇到水笙，水笙一直以為狄雲就是個淫僧，既怕他又恨他。戚芳和水笙這兩位主要的女角，作為強化主題的工具，初時都是誤會狄雲的。

《連城訣》和其他金庸小說非常不一樣，它的閱讀重點不在於角色，而在於情節。

一九七七年，金庸修訂完《連城訣》，寫了一篇很長的〈後記〉。之所以將〈後記〉寫得那麼長，是為了交代這個「被霸凌與被冤枉者」的故事來歷。金庸在〈後記〉裡說：

> 兒童時候，我浙江海寧老家有個長工，名叫和生。他是殘廢的，是個駝子，然而只駝了右邊的一半，形相特別顯得古怪。雖說是長工，但並不做甚麼粗重工作，只是掃地、抹塵，以及接送孩子們上學堂。我哥哥的同學們見到了

他就拍手唱歌……

唱什麼？就是嘲笑他的歌。金庸接著說：

那時候我總是拉著和生的手，叫那些大同學不要唱，有一次還為此哭了起來，所以和生向來對我特別好。下雪、下雨的日子，他總是抱了我上學，因為他的背脊駝了一半，不能背負。那時候他年紀已很老了，我爸爸、媽媽叫他不要抱，免得兩個人都摔交，但他一定要抱。

這是金庸所有後記中最感人的一段。後來和生跟他說了自己的身世：

他是江蘇丹陽人，家裏開一家小豆腐店，父母替他跟鄰居一個美貌的姑娘對了親。家裏積蓄了幾年，就要給他完婚了。這年十二月，一家財主叫他去磨做年糕的米粉。……磨粉的功夫在財主家後廳上做。這種磨粉的事我見得多了，只磨得幾天，磨子旁地下的青磚就有一圈淡淡的腳印，那是推磨的人踏出來的。江南各地的風俗都差不多，所以他一說我就懂了。

最後一段話也很感人。金庸的文字平實，卻極有力量。「一圈淡淡的腳印」，透露出下層百姓勤懇討生活的不易。

很多讀者往往忽略了〈後記〉，這裡將故事摘錄出來，就會發現和小說的微妙連結：

因為要趕時候，磨米粉的功夫往往做到晚上十點、十一點鐘。這天他收了工，已經很晚了，正要回家，財主家裏許多人叫了起來：「有賊！」有人叫他到花園裏去幫同捉賊。他一奔進花園，就給人幾棍子打倒，說他是「賊骨頭」，好幾個人用棍子打得他遍體鱗傷，還打斷了幾根肋骨，他的半邊駝就是這樣造成的。他頭上吃了幾棍，昏暈了過去，醒轉來時，身邊有許多金銀首飾，說是從他身上搜出來的。又有人在他竹籮的米粉底下搜出了一些金銀和銅錢，於是將他送進知縣衙門。賊贓俱在，他也分辯不來，給打了幾十板，收進了監牢。

本來就算是作賊，也不是甚麼大不了的罪名，但他給關了兩年多才放出來。在這段時期中，他父親、母親都氣死了，他的未婚妻給財主少爺娶了去做繼室。

他從牢裏出來之後，知道這一切都是那財主少爺陷害。有一天在街上撞到，他取出一直藏在身邊的尖刀，在那財主少爺身上刺了幾刀。他也不逃走，任由差役捉了去。那財主少爺只是受了重傷，卻沒有死。但財主家不斷賄賂縣官、師爺、和獄卒，想將他在獄中害死，以免他出來後再尋仇。

他說：「真是菩薩保祐，不到一年，老爺來做丹陽縣正堂，他老人家救了我命。」

他說的老爺，是我祖父。

金庸接著講他的祖父查文清，藉這個機會記錄一下祖父的事跡。金庸提到了查文清在光緒年間因為「丹陽教案」被革職的經過，也提到了後來在臺北故宮博物院當院長的蔣復聰先生，他是金庸的表哥，也曾經跟他說了一些祖父的事。

再回到和生：

和生說，我祖父接任做丹陽知縣後，就重審獄中的每一個囚犯，得知了和生的冤屈。可是他刺人行兇，確是事實，也不便擅放。我祖父辭官回家時，索性悄悄將他帶了來，就養在我家裏。

和生直到抗戰時才病死。他的事跡，我爸爸、媽媽從來不跟人說。和生跟我

> 說的時候，以為他那次的病不會好了，也沒叮囑我不可說出來。
>
> 這件事一直藏在我心裏。「連城訣」是在這件真事上發展出來的，紀念在我幼小時對我很親切的一個老人。和生到底姓甚麼，我始終不知道，和生也不是他的真名。他當然不會武功。我只記得他常常一兩天不說一句話。我爸爸媽媽對他很客氣，從來不差他做甚麼事。

金庸明確地交代，《連城訣》這個故事的背後是有來歷的，為了紀念他小時候在家裡對他很好的一位老人；也擺明告訴讀者，《連城訣》就是要寫一個被冤枉的人。他講的和生的事跡，小說裡就套用在狄雲身上，包括他青梅竹馬的師妹戚芳被萬圭看上了，人家就用栽贓的方式陷害他，把他關到牢裡去。

有意思的地方是，在和生的故事中，財主家不想他入獄後再出來礙事，明明偷錢的罪責不應該關那麼久，卻硬是將他關了兩年多。狄雲也是這樣。萬家刻意去奔走打點，然後騙戚芳說，「在想法子保他出去」，但其實被丁典一語道破：

> 他們陷害你的罪名，也不過是強姦未遂，偷盜一些錢財。既不是犯上作亂，又不是殺人放火，那又是甚麼重罪了？那也用不著穿了你的琵琶骨，將你在

死囚牢裏關一輩子啊。這便是那許多白花花銀子的功效了。

正因為在死囚牢裡和丁典關在一起，在武俠的世界裡才有了命運轉折的可能。

03 東方版《基度山恩仇記》

金庸所說的和生的故事，和狄雲的遭遇，聽起來好像我們讀過的另外一個奇怪的故事，這個奇怪的故事發生在法國的馬賽。

法國馬賽有一個鞋匠叫皮埃爾．畢卡德，他有一個非常漂亮的未婚妻。有一天幾個鄰居跑去告密，說他是英國間諜。那時是拿破崙時代，歐洲各國與法國正處於外交的緊張狀態，畢卡德被舉報為英國間諜，自然就被關了起來。這是真實的事件。

畢卡德跟一個義大利人關在一起，關了很久，久到義大利人都死在了牢裡。但他不知道這個義大利人原來家財萬貫，而且死的時候竟然將所有遺產都留給了他。畢卡德出獄的時候，自己都嚇了一跳，一下子變成了大富翁。

畢卡德當然想弄清楚到底是誰、為什麼要陷害他，原來就是其中一人覬覦他的未婚妻。於是畢卡德復仇的方式，是要讓搶了他未婚妻的那個人也嘗到家破人亡的滋味。真實的故事是，他跟陷害他的人一度起了衝突，卻在過程中不幸被另一個人殺了。

對於我們這一代人來說，大概沒有人不知道這個故事，暢銷一時的《基度山恩仇記》就是從這個馬賽故事衍生出來的。大仲馬將它寫成了小說，而小說中最有趣的一段，就是畢卡德為什麼會成為基度山伯爵：他在牢裡如何結識這個義大利人？如何取得驚人的家財？更重要的，他後來如何運用這筆財富去報仇？

將《基度山恩仇記》拿來作對比，不得不說，金庸不可能不知道他寫的《連城訣》，尤其是狄雲和丁典這一段，跟《基度山恩仇記》太像了。

金庸在〈後記〉裡讓我們對和生的故事留下非常深刻的印象，這或許是他的障眼法，作用就是讓讀者忘掉《基度山恩仇記》。這是金庸個性上的一個特點。前面已經分析過，在《雪山飛狐》裡，他明明用的是西方現代戲劇或西方現代小說的敘事法，放進武俠小說裡，可是他會小心地遮掩起來。寫《連城訣》的時候，他則是受到西方通俗小說的影響，將武俠小說寫成了不是那麼傳統的敘事方式。

沿著這條線看下來，《連城訣》寫到後面，還有一段很精彩的內容，那是梅念笙的大弟子萬震山的詭異舉動。他半夜會起來夢遊，蹲著身子持續做著砌牆的動作，拆磚、塞牆洞、砌牆。後來就是靠著他夢遊的行為，解答了狄雲入獄前為什麼戚長發就不知去向：

> 萬震山那日將戚長發封入了夾牆後，次日見到封牆的磚頭有一塊凸出，這件事令他內心十分不安，這才患上了離魂之症，睡夢中起身砌牆——他一直在怕戚長發的「殭屍」從牆洞裏鑽出來，因此睡夢中砌了一次又一次，要將牆洞封得牢牢的。

重點是，夢遊的這種描寫，明顯是受到現代西方觀念的影響，來處理人們在巨大的精神壓力下，潛意識從夢裡浮現，進而主宰了人類行為的狀況。而將屍體砌入牆中，在潛意識作祟下揭露了秘密，也顯然是來自美國小說家艾倫坡的名篇《黑貓》（*The Black Cat*）。

在這方面，古龍相對是非常坦白的人。古龍留下了好多記錄，有時候是接受訪問，有時候是他自己寫了一篇小文章，他常常告訴讀者，他的小說裡有海明威的筆法，或者某一個場景是因為他看了〇〇七的電影得到了靈感。古龍的武俠小說之所以有那麼多的突破性，就是因為他將現代的、西方的內容吸收到他的作品裡。在這一點上，古龍對讀者是透明的。

但金庸不一樣，他十分小心地保護著小說創作上一些特別的來歷。就像在《連城訣》的〈後記〉裡，他刻意講了和生的故事，一方面幫助我們理解作品的核心內涵，另一方面也想要拉開《連城訣》和《基度山恩仇記》之間的關係。

金庸基本上不太公開講自己小說的來歷。但其實就算知道了小說中的某些內容不完全是原創，或是知道他曾經受過一些什麼影響，並不會減損我們對於金庸的敬佩，反而可以更清楚地認識金庸是一位怎樣的作者，以及用什麼方式寫小說。

例如，讀《連城訣》的一種方式，就是與《基度山恩仇記》一起讀。看大仲馬怎麼寫《基度山恩仇記》，再看金庸的《連城訣》與《基度山恩仇記》有多少相似的地方，而金庸運用了什麼手法予以轉化，那會很有意思。像是對於丁典這個角色的鮮活描述，癡情要求和情人合葬的強烈情感，那不是《基度山恩仇記》裡有的，卻讓「恩仇」多了另一個感人層次。

用這種方法，我們得以體會、理解金庸是一個大量廣泛閱讀的人，他能夠寫出這樣好看的小說，因為他不只讀武俠小說，甚至不只讀中文書。他將這麼多雜學的閱讀，予以充分消化，再轉變為自己小說裡的人物或情節。

《連城訣》為什麼跟金庸其他的小說不一樣？因為它是以情節而非以角色為

主。在相當程度上，讀者必須到大仲馬所寫的《基度山恩仇記》裡找，才能尋到更明確的一些線索。

04 關於相信的故事

我們知道武俠世界平行於真實世界，武俠小說的根本基礎，就是虛構了許許多多違反現實的武功。不過金庸卻擅長另一種違反現實的虛構，那就是小說人物非常極端、誇張的個性，也就是我之前一再提到的「偏執」。

在《連城訣》裡，有一個關鍵人物丁典，他就是個偏執的人。他只愛凌霜華一人，而且愛得徹底，愛到全天下沒有任何其他事物比她來得重要。

丁典無意中救下被三個徒弟聯手偷襲的梅念笙，誤打誤撞得了《神照經》和「連城劍訣」，那劍訣是一堆數字，要搭配劍譜來用。這個《連城劍譜》十分稀奇，稀奇在哪裡？就反映在它的名字上。「連城」來自「價值連城」之意，這個詞通常形容的是財寶。

看看倚天劍、屠龍刀的基本設定，兩件神兵寶物互砍後，折斷的刀刃劍刃裡藏有兵法秘笈，足以讓擁有者稱霸武林，但它並沒有任何現實財富的意義。《連城劍譜》和劍訣最特別的地方是，這既是一套劍法，又是一份藏寶圖，得到的人不僅在武功上可以傲視武林，還能夠由此取得價值連城的寶藏，這當然不得了。

萬震山三個師兄弟弒師搶走了《連城劍譜》，卻沒有解開劍訣的秘密；而丁典莫名得到了連誠訣，卻是「懷璧其罪」。這是這個時期金庸小說的一個套路。

丁典很像謝遜，謝遜因為擁有屠龍刀，即使他跑到了海外，所有人仍要追殺他，以至於不只他個人付出代價，張翠山和殷素素也算是連帶被害死了。丁典也是，大家都認定梅念笙死前一定將寶藏線索交給了他，於是都想要找他、追捕他。

最努力想要從他那兒得到連城訣的人，是凌霜華的父親凌退思。凌退思是另外一種可怕的偏執，為了得到連城訣，什麼代價都願意付出，包括犧牲親人。可是他遇到的偏偏是完全背反的丁典。凌霜華最可悲之處，就在於她的父親想盡辦法要得到寶藏，不只一次地將她當作誘餌來毒害丁典，甚至最後活埋了自己的親生女兒。為什麼呢？因為他知道丁典不會再輕易上當，只能在棺木上塗了金波荀花的劇毒，丁典心神崩潰之時一定不會留意，就能趁機鉗制住他。

其實對丁典來說，甚至不用凌霜華開口，只要她給他一個眼神或暗示，他就會甘願將連城訣交出來。但是凌霜華絕對不會做這樣的事，凌退思更不相信丁典會做這樣的事。這樣的三角關係，建立在金庸對於人物個性非常純粹的假設上，而這種極端的假設，在金庸的小說裡非常重要。

因為懷璧其罪，丁典有另一種高度的偏執，就是他不相信任何人。他覺得每一個靠近他的人都是別有用意的，都是為了騙取他的「連城劍訣」。

這樣的極端對應到另一個極端，就是當別人對你絕對不信任的時候，有什麼方法可以使他改變而願意相信你呢？這段時期金庸樂此不疲，寫了好多這樣的故事。委屈別人、冤枉別人，好像是一個常態；但究竟要在什麼狀況下，我們才能夠發現真相，看到真正的人心？

這麼多人來跟丁典要「連城劍訣」，所以他不相信任何人。即使在牢裡那麼孤單、寂寞，那個時候凌霜華每日在窗臺上放的一盆鮮花，就是他活下去的理由。後來當狄雲被打入牢裡時，他很自然地就把狄雲看作別人安排的臥底，是刻意放在他身邊的。

那麼狄雲是用什麼方法取得丁典的信任，不但蒙他傳授《神照經》，還只差一點點就獲知連城訣的全部數字呢？靠的是狄雲個性上的另一種極端。

狄雲是個傻小子，天真到沒有一點點的世故。這樣的天真讓他不斷地被人冤枉，受人陷害。也就是這種沒有一點點雜質的天真和傻氣，在得知戚芳要嫁給萬圭時萬念俱灰，自求了斷，才消解了丁典的疑心，從此信任他。

《連城訣》裡另外一個驚人的故事線，發生在藏邊的雪谷之中。狄雲誤穿了寶象的僧衣，被視為採花淫僧，後來給血刀老祖救了去，血刀老祖又拐走了「鈴劍雙俠」中的水笙，引來了「落花流水」南四奇等一票武林人士追捕，一路追到了大雪山時，竟然發生了大雪崩。雪崩封住了谷口，等於將這幾個人關了起來，大家都出不去了，隨即而來的是人性的考驗。

對水笙來說，她身邊有兩個最害怕的人，一個是血刀僧，另一個就是狄雲，她那時候還不曉得狄雲一直在暗中迴護她。水笙可以相信誰呢？她父親水岱連同三個結義兄弟一齊來救水笙，她當然最相信父親，可是水岱很快就因為力戰血刀僧而死。其次，她能相信的就是那幾位世伯了。

「南四奇」這四人後來只剩下一個，是排行第二的花鐵幹。換句話說，水笙面臨的狀態，一邊是血刀僧和狄雲，另一邊是世伯花鐵幹。在這樣一個封閉的環境裡，金庸寫出了令人喘不過氣的緊張感，描述水笙如何一步步地醒悟，原來她認為最不可信賴的人，才是她應該相信的。

反過來看，《連城訣》裡寫得最尖銳反轉、最戲劇化的角色就是花鐵幹。一個在正常狀態下的正人君子，一旦被丟進了非常狀態中，而且是徹底封閉的場域裡，生死之間的一切都不是他所能預期的時候，他如何經得住考驗？我們可以想像，像花鐵幹這樣的人，如果一直處在正常狀況下，他可以維持做個正直的好人，甚至在面對生死關頭時保持英勇的一面。可是他偏偏被放到了非常情境中，沒留神而誤殺了三弟劉乘風，心神不寧之際，又看到劉天抒和水岱接連鬥敗而死，只剩下他獨自面對血刀僧。

血刀僧的功夫比他強，那怎麼辦呢？反正封閉在雪谷中，沒有其他人看到，也沒有人會知道，於是花鐵幹原有的道德和尊嚴的防衛全然瓦解了，他低聲下氣地向血刀僧求饒。一旦開口求饒，他就失去了原本作為一個正人君子的底線，結果就伊于胡底，無所不用其極地盡顯卑劣嘴臉。

水笙在這裡面對的考驗是，一邊是她原以為最邪惡的人，一邊則是她以為最正直且值得信賴的人，然而隨著事態發展，這兩個人在她心裡的信任度，一個上升、一個下降。水笙終於瞭解了，不能只依靠表象的判斷或外在給予的答案，而是必須自己用心去認識一個人，從中學習到什麼是信任。

05 荒誕加荒誕，是不是就不荒誕？

武俠小說本來就在寫缺乏現實性的事物，例如武功，從現實的角度看，這是荒誕的。在金庸的武俠小說裡，還多加上一種荒誕，那就是他寫了很多在真實狀況中罕見的、令人不可信的偏執之人。

照這樣說，金庸武俠小說是荒誕加荒誕?! 武功創造這一邊是荒誕、非現實的，人物個性也是荒誕、非現實的，這種小說照理說應該是雙倍的荒誕。但是很奇特的，正因為金庸寫了這麼多荒誕、非現實的個性，反而使得他的小說沒有那麼脫離現實，或者說，沒有那麼荒誕。

那是因為在這種偏執的人格裡，我們找到了與現實之間的聯繫，一種假設象徵性的聯繫。金庸挑出了一般人格當中個別的面相，予以戲劇化推到極端，讓讀者看到在極端情況下，這樣的情感或這樣的個性會發生什麼變化。

一般寫實主義的小說，在彰顯人物的個性或情感之際，都要儘量表現每個人的複雜性，儘量讓每個人都不是單純、單一的。那個人的內心有善，也有惡；有堅強，也有脆弱；有忠誠，也有背叛。寫實主義小說之所以感動讀者，就是因為將人的複雜性放在一個角色上予以呈現。

但是金庸走的是另外一條路，他似乎在告訴讀者，不見得只有用寫實主義小說的方法，才能夠讓我們探索人性、看見人性。金庸用的是一種個性上分工的架構，在他的小說裡，絕大部分的角色都被分派到一種特別的個性。所謂人性的體現，就是在所有這些不同的個性分工、不同的角色之中所發生的事。

例如丁典，他在《連城訣》裡所分配到的個性，就是純粹的癡情。那狄雲呢？狄雲分配到的是最天真、最傻氣的一個角色，他是沒有心機的，甚至他是學不會心機的。再如淩霜華的父親淩退思，他所代表的就是貪婪，為了想像中可以得到的財富，不惜動用一切代價去追求。

水笙又代表什麼呢？她代表的是輕信，人家講什麼，她就相信什麼；只看外表，只聽別人說的。也因為這樣，水笙在小說裡要通過極端情境刺激，才能夠躍過別人的說法而看到事實、看到真相，最後甚至願意不畏人言地為真相辯護。

金庸寫了這麼多偏執的角色，而這些偏執的角色還應該予以分類。有一種叫做正常的偏執者。聽起來很怪，偏執者怎麼又是正常的呢？

回到小說中的《連城劍譜》，它是一套劍法，同時也是一套口訣。口訣是什麼？就是一連串的數字。這些數字是一個個密碼，浸濕這本表面上看就是《唐詩選輯》的書，數字也能顯透出來。一招唐詩劍法搭配一個數字，再找出詩句中對應的字，把這些字連起來，就能指向梁元帝聚集的龐大財富。

因為《連城劍譜》可以帶來財富，就引來像凌退思這樣的偏執者。「正常的偏執者」意思是說，他們被偏執放大的部分也是普通人的欲望。就像平常我們也會貪心，但不會貪到那種地步。這種貪婪的偏執，在許多人的內心都有，到最後就變成了一種集體現象，像是小說結尾，所有的人都在找《唐詩選輯》，所有的人都在抄口訣，所有的人都在尋寶藏。不過這類人在金庸的小說裡，永遠不會是主角。

金庸要寫的主角，必定是一種不正常的偏執者，意思是他們偏執的個性方向不太一樣，是一般人難以認可、或難以理解的一些特性。例如說，一般人不會像狄雲傻到那種地步、天真到那種地步，不會像丁典癡情到那種地步，不會嚴格遵守正義到像胡斐那樣的程度。

正因為有正常的偏執者和不正常的偏執者，雖然每一個角色都是偏執的、荒誕的，可是由此所構成的複雜人際關係，卻有它的真實性與現實性。

金庸就是用這種方式，誇張地讓我們知道，人們的正常欲望，如果放大了來看，其實是多麼可鄙、可怕；而真正值得珍惜的，是那種在日常生活裡被隱蔽的、或被邊緣化的，一般人不太可能達到偏執程度的特殊個性。像楊過、狄雲、丁典那種個性，相對於正常的偏執者，他們是如此可愛、如此可貴。

在金庸的小說裡，正常的偏執者代表的是對於現實欲望的一種誇張、放大，不過要制衡、抵抗這種世俗的、現實的貪婪庸俗，另有一股巨大的力量，那就是這種「不正常的偏執」。

我們身邊不太可能有像金庸所寫的角色，可是為什麼當我們讀金庸小說的時候，卻會對這些角色產生如此深刻的印象，激發如此深切的情感呢？其實那是來自讀者自己的一種理想投射，我們需要這些角色，來想像與共情更美好的人性。

金庸小說創造出來的這些非現實的個性和角色，讓人性的荒誕配上武俠的荒誕，最後才能夠超越一切荒誕，在閱讀小說的過程中，得以更加靠近現實，或進一步反思現實。這是金庸另一項非常重要的貢獻。

金庸寫出了不同的「俠」，擴大並改造了「俠」的意義，這方面的成就，必須放入傳統「俠」概念的傳承流變中，才能充分地彰顯。

第六章

俠

想像一個另類世界

01 儒以文亂法，俠以武犯禁

英國歷史小說家華特．史考特（Walter Scott）寫過膾炙人口的《撒克遜英雄傳》，西方讀者能在《撒克遜英雄傳》中讀到現實和奇幻的諸多交會，中文讀者儘管也能窺見《撒克遜英雄傳》動人之處，但畢竟缺乏英國人的想像背景，無法真正體會英格蘭的騎士風情。西方讀者看金庸武俠小說也是如此，透過英文轉譯，西方讀者眼中的武俠世界一定不同於中文讀者所領略的那般。只需翻開《射鵰英雄傳》英譯本，就能察覺譯筆遺失了哪些江湖味。而那些英譯漏失了的，正是金庸最獨特的武俠況味。

金庸文筆極難翻譯，不僅「武」的部分不容易形容（比如「黯然銷魂掌」、「乾坤大挪移」、「吸星大法」），譯者還要面對另一個更棘手的難題，其中涉及武俠小說的傳統，也就是「俠」的部分。究竟何謂「俠」？其實從西方角度來看，譯者很難掌握「俠」的概念，因為即使在中國傳統社會及文化中，「俠」也是個矛盾的存在，具有高度理想性與曖昧性，以武勇暴力行俠仗義，但也可能被視為破壞社會安定。

《史記．游俠列傳》開篇就引用《韓非子．五蠹》中的話：「儒以文亂法，俠以武犯禁。」韓非從法家的角度，指責「五蠹」是國家動亂不安的禍首，這五種害蟲使得「法治國家」（以法家為治理原則的國家）動盪不定。五蠹之民包括：儒士、游俠、縱橫家之流的辯士及謀士、做生意的工商之民，以及逃避兵役的膽小之徒。以韓非的角度觀之，戰國末年，法家正在創建新興的國家和社會，這五者是「邦之蠹」，是國君應該要排除的五蠹之民。在談及國家利益時，〈五蠹篇〉特別凸顯儒和俠，稱他們是國家混亂的根源。「儒以文亂法，俠以武犯禁」，儒和俠的存在與國家法令背道而馳。

法家認為，強盛國家的關鍵就是人人都遵守法令，即秦始皇所訂定的「以吏為師」、「以法為教」，從百姓到官吏，皆需遵從法吏的教導，一切訴諸法律規章。如此一來，「儒」與「俠」必然是麻煩的人物、國君的眼中釘。秦始皇就是在這個背景之下發動了焚書坑儒。不只是秦始皇厭惡「儒」，在任何時代，著書立說的儒士都遭人詬病，因為他們經常恣意抨擊時政，對於法令政務也喜於長篇大論，引來了「亂法」的非議。

至於「俠以武犯禁」，意指游俠、刺客等聚集黨徒，標榜「俠」的氣節，彰顯自己的名聲，進而觸犯國家的禁令。藉由韓非批評「儒」和「俠」的說法，可以探索「俠」概念的形成歷程。另外，將「儒」與「俠」並列，意味韓非深諳其中所蘊含的傳統。時值戰國末年，周代的封建制度尚未徹底瓦解，所以仍然存在「士」的階層。

在周代封建制度中，「士」為最底層的貴族，唯有貴族子弟才有資格受教育，及至孔子將這套貴族教育的內容偷渡出來，傳授其弟子「君子六藝」，一般平民才能學習到原本限於貴族的專門之學——這正是孔子的突破貢獻。在《周禮》中，君子的六種技能是禮、樂、射、御、書、數，這「六藝」是貴族子弟的養成教育。「養國子以道」，不僅包括禮法、音樂，還包括射箭、駕車，意味著在周代封建體制下，這一群「士」文武兼備，在當時尚未有文士和武士的分別。

像是孔子的父親叔梁紇，是陬邑大夫，而且是個「力士」。陬邑附近有另外一座城，叫偪陽，兩城互相攻戰。有一次陬邑人進襲偪陽，偪陽人在城門上做了一個機關——懸門，也就是在原來的城門裡，再多一道會從上方落下來的門。正常狀況下看不到這道懸門，當陬邑人破了城門，興奮地衝進去，懸門才會突然落下，將他們關起來。那一次，偪陽懸門落下來時，幸賴陬邑這邊有一位「力士」，硬是及時頂住了沉重的懸門，讓陬邑人趕緊退出去，才沒有掉入偪陽人所設的陷阱裡。這位「力士」就是叔梁紇。

孔子出生於西元前五五一年，生在一個「士」的家庭，父親是武士，所以從小受的就是傳統「王官學」教育。到這個時代，「士」在列國間有明確的功能。武士負責打仗，那文士呢？文士是一群深入瞭解「禮」的專業人員，因時局紛爭，便轉型成為外交上的專才。

此時封建宗法鬆動卻尚未瓦解，國與國之間的各種交往，仍然以「禮」為基礎。然而外交的「禮」，慢慢和其他「禮」區隔開，愈來愈重要，也愈來愈兇險。國與國之間的兼併，武力打仗是一種手段，外交、談判是另一種手段。武力威脅、戰場勝利究竟能為自己的國獲取什麼，就要在外交談判上決定。有能力處理國與國之間的「禮」、實質操控外交程序的文士，在這個時代大獲重視。一部分的沒落貴族，不可能靠原來的宗法系統獲得任何貴族待遇保障，他們就轉型以「士」的身分及條件，為國君或大夫提供有用的服務，來換取待遇與地位。

孔家從宋奔魯，幾代下來，到孔子時，已經淪為低階的「士」。不過孔子在成長過程中，對於「禮」特別感興趣，奠定了他做為一個有能力的「文士」的基礎。

《論語・子罕》說：「子曰：『吾少也賤，故多能鄙事。』」孔子做過「委吏」，幫人家算帳，做過「承田」，幫人家管牛馬。這些都是「鄙事」，也就是「士」訓練下的副產品，卻不是「王官學」的核心本事。

從春秋末年進入戰國時代，「士」開始區分為文士與武士，從原先的「文武合一」走向「文武分途」，因此《韓非子》才將「儒」和「俠」並列分述。但不管如何，「儒」與「俠」仍具備傳統「士」的精神及典範。

及至法家興起，統治階層開始厭憎這一群「士」。由於社會風俗變遷、諸子百家爭鳴，各諸侯國基於爭霸目的，爭相尚賢使能，先秦之士也就逐漸崛起，並且分途而為，從事私人講學、禮贊、文化或商業領域的士，各自貢獻其所學。隨著爭霸及兼併越演越烈，一批遊說之士應運而生，說客、縱橫家遊走各諸侯國間，養士之風於是盛行。這段時間，「儒」當然也會面臨跌宕起伏的待遇。

秦帝國時代，他們一度受挫，備受壓抑，法家重典飆升到極致時，秦開始大肆進行「焚書坑儒」。坑儒的目的在於鉗制言論自由，禁止士人漫談國家政策及法令，更為了穩固王權以及新建立起來的帝國制度。秦始皇下令坑殺儒士，並焚毀《詩》、《書》以及百家語。不過，秦王朝僅維繫十五年就覆滅了。漢帝國建立之後，漢王朝統治者以秦滅亡為前車之鑑，時刻提防漢政權不要重蹈秦王朝覆轍，為了綿延國祚，想盡各種政治措施防患於未然。到了漢武帝時代，儒家地位重新升起，讓人正視「儒」的這一面向，但也就忽略了「俠」的存在。

「士」階層文武分途之後，「武」這一部分在中國社會迅速沒落，幾乎遭人遺忘。而文士儒生之所以沒有完全絕跡，並不是由於社會結構所致，而是漢武帝時代政治情境的需求。漢帝國需要「儒」，藉由「罷黜百家，獨尊儒術」，鞏固中央集權，維護封建專制。

02 《史記》隱含的「俠」精神

追索太史公《史記．游俠列傳》這篇奇文，我們才得以一窺儒士在「武」、「俠」上的概念及形象。閱讀這篇奇文時，必須謹記太史公司馬遷著述《史記》的目的，不只是記載、歸納或整理歷史事實而已。據〈太史公自序〉，司馬遷論次《史記》如同孔子困厄陳、蔡而作《春秋》、屈原遭放逐而賦《離騷》、左丘失明而有《國語》、孫子受臏腳而修《兵法》，就像聖賢們作《詩》的百篇，發憤著書，「故述往事，思來者」。

《史記》背後隱含「俠」的精神，譬如在〈報任安書〉中司馬遷說：「人固有一死，死或重於泰山，或輕於鴻毛。」〈太史公自序〉則言自己的先祖是「周室之太史也」。這兩篇文章都強調史家的職責，以「究天人之際，通古今之變，成一家之言」的史家精神，「網羅天下放失舊聞，略考其行事，綜其終始，稽其成敗興壞之紀」，搜集散佚的歷史傳聞，考訂其真實性，並綜述事情的本末，考證、推究成敗盛衰的道理。

史家最重要的職責之一，是記載可能遭人遺忘的史跡，唯有透過史家的春秋筆法，才能讓那些不該被遺忘的人事物留傳於後世，這正是司馬遷《史記》的價值所在。例如，《史記》有一篇〈日者列傳〉，藉由卜筮者（即「日者」）與賈誼、宋忠的對話，譏諷那些貪圖高官厚祿之士。單從篇名來看，〈日者列傳〉像是群傳，但深究這篇文章，從頭至尾只出現一個卜筮者司馬季主，篇中還有兩個配角來陪襯。名氣響亮的賈誼是其中一名配角，他在《史記．秦始皇本紀》中地位很高，司馬遷在篇末說「善哉乎賈生推言之也」，接著大段引述〈過秦論〉，以賈誼評秦朝治國的過失，作為評斷秦朝滅亡的依據。

但到了〈日者列傳〉，賈誼和宋忠同車前往街市，兩人在街上卜肆中遊覽，司馬季主和三四位弟子講解天地的起源與終止、日月運轉法則，以及陰陽吉凶的本源，講得十分順理成章。賈誼他們聽了這段話後，驚異萬分，從中有所領悟，於是整理冠帶，正襟危坐，稱讚司馬季主言談不俗，卻又反問：「為什麼先生地位這麼卑微，職業如此汙濁？」司馬季主捧腹大笑之際，不疾不徐，反唇相譏，說了一番大道理。賈誼兩人聽後，悵然若失，神情茫然，閉口說不出話來。他們起身道別司馬季主，恍惚上車後，趴在車前橫木上垂頭喪氣。

司馬遷有意向《春秋》看齊，撥亂世反之正，並且揚善貶惡，〈日者列傳〉、〈扁鵲倉公列傳〉、〈龜策列傳〉等都是如此。由於世人無法分辨賢者與不肖者，除了那些寄居官位、世人所認為的賢者外，像是卜筮者能解答人們的疑惑，但古代史籍未記載卜筮者，他們的事蹟也就不見於歷史文獻，司馬遷雖未明言，實則隱諷史家失職。於是他秉持史家書寫原則，將司馬季主的事蹟記錄下來。

所謂能人志士，不僅是在朝為官者，也有不願與不肖者為伍的賢者，而君子常離群索居，處在卑下地位，尤其是卜士。司馬遷書寫卜筮者行跡，有其家世來歷之故。據〈太史公自序〉，司馬氏世代掌理周朝歷史，父親司馬談做了太史公，向唐都學習天文，向楊何學習《易經》，將死之際對司馬遷說司馬家先祖是周朝太史，在上古虞夏時便名聲顯揚，職掌天文之事。因此，司馬遷特別熟知觀察天文星相、卜算卦文的卜士。

江湖、街市裡，不乏專精醫藥及卜算之士，這類人才不在廟堂，但他們天賦異稟。作為史家，必須忠於史家職責，將之記錄於史冊上。司馬遷父親司馬談臨死前就叮囑：

> 「今漢興，海內一統，明主賢君忠臣死義之士，余為太史而弗論載，廢天下之史文，余甚懼焉，汝其念哉！」

意思是說，「漢朝興起後，一統海內外，對於明主、賢臣、忠臣、死義之士，我作為太史，都未能予以評斷記載，斷絕天下修史的傳統，讓我甚感惶恐，你可要念茲在茲啊！」司馬遷承襲的史家精神，在於記錄世人無法詳知又值得被留傳下來的人物事蹟。舉例來說，他寫〈李將軍列傳〉，並未用史家標準為李廣立傳，全篇不在彰顯李廣的戰功有多麼厲害，因為對司馬遷而言，李廣的名字不會消失在史冊上，但是他如何帶領軍隊、對抗匈奴，以及他以何種方式看待生命關鍵時刻的抉擇，卻容易被人遺忘。

另外，在〈吳太伯世家〉這一篇中，從吳世家的系譜來看，延陵季子（即季札）始終沒有繼承吳國君王之位，其為人賢能、高風亮節，舉國推崇，雖然出使各諸侯國，但在國政上沒有重大事蹟，司馬遷為何要長篇記錄延陵季子的言行？首先，在於讓國之舉。一般史家不會特別記載讓位之人，只會書寫繼位為君王者。司馬遷卻特別推崇讓國之德，評斷季札三度讓天下，是至德之人。

其次，延陵季子是一位君子，仁心慕義，以「季札掛劍」事蹟傳於後世。司馬遷突顯延陵季子，在於他重然諾。當他北行出使時，造訪了徐國國君，徐君暗自欣賞季札的寶劍，嘴上卻沒透露半句，季札雖然心裡明白，但礙於還要出使中原各國，所以沒能將寶劍獻給徐君。等到他回途中經過徐國，才得知徐君已逝的噩耗，於是季札解下寶劍，掛在徐君墳旁的樹上。隨從說徐君已死，還要將寶劍獻給徐君嗎？季札回答：「當初我在心裡已經允諾要將寶劍獻給他，豈能因為徐君已死，就背棄我的心願？」

「季札掛劍」算是重大的歷史事件嗎？不是。但如果沒有史家記載下來，此事彰顯的高貴情操就會遭到埋沒。司馬遷身為史家，為了讚揚季札讓位與重諾的美德，將〈吳太伯世家〉作為世家第一篇。

以司馬遷的史家精神及標準觀之，才能夠理解撰寫《史記．游俠列傳》的真正用意。〈游俠列傳〉也是以這種標準立傳。一般史家不會因為游俠救人於危難、濟人於貧困，而為他們立傳。只因游俠擁有仁者美德，守信用，不違背承諾，這些游俠可謂「義者」，有其可取之處，因而獲得司馬遷的青睞。

03 〈游俠列傳〉的理想型生命情調

該如何定義「游俠」？簡單地說，游俠具備令人畏懼的武勇暴力，他們的行為雖不合乎法律原則，卻從不運用在私人利益上，「言必信，行必果」，寧願犧牲自身性命，也要拯救那些陷於危難的人。以此為對照，對國家治理而言，這群游俠就如同韓非所說的「以武犯禁」，而且「其行不軌於正義」，凡事不依照法令，破壞國家法令所規範的社會秩序。

游俠禁得起生死存亡的考驗，而不誇耀自身的本領與功績，遭遇亂世時，這群游俠雖只是布衣平民，卻能為道義而赴死。司馬遷認為游俠對社會有貢獻，又因為他們能為大義捨命，普天之下，沒有人不稱頌這些布衣俠客的賢德品行，因而產生了一群游俠的跟隨者。例如朱家、劇孟、郭解等匹夫俠客，與一般暴虐豪強之輩不同，有許多人依附他們，但也使得公共秩序的維持者對他們更加側目。

司馬遷以「游俠」形容這一群布衣俠客，他們救濟貧賤，家無餘財。如果從國家角度來看，他們是一群擁有暴力武勇的私人勢力；從民間角度來看，這些布衣俠客不為一己私利，救人於危難的大義更甚於自身，這是他們行俠仗義的原則。

〈游俠列傳〉所記載最關鍵的俠士原則，首先是「言必信」。從季札掛劍故事到「俠客之義」，司馬遷看重的都是「重然諾」。游俠義氣傳頌千里，讓窮困士人甘於交託命運，他們不只是「其言必信」，對於別人請託之事，一定「其行必果」、「已諾必誠」，已經承諾的事一定使之實現。

俠士的另一個關鍵原則是「義」。游俠是「義者」，不恥那些貪圖自身享樂之徒，也不屑與豪強勾結去欺凌弱者。凡有士人處於困厄，這些「閭巷之俠」必定前去救濟，即使犧牲性命也在所不辭。如同魯國朱家所藏匿、救活的豪傑有幾百人，曾救濟過的百姓也不可勝數，更暗中幫助季布將軍免於殺身之禍。這也是為什麼游俠必然與公共秩序或國家法律相衝突的原因。這意味著，倘若有人受到公權力不公平的對待，這些游俠會不惜一切代價，違背國家法律、違抗社會秩序，也要幫助這些人逃脫危難處境。

司馬遷要告訴世人「何謂游俠」。他之所以為這些「閭巷之俠」立傳，彰顯這種「俠客之義」，就因為以往儒家、墨家都摒棄他們。秦朝以前的俠客事蹟早已湮滅不見，司馬遷深以為憾。

漢帝國建立之後，作為新興法令國家，對於「正義」有統一標準，也就是《韓非子．五蠹》尊崇的國家法令與君主權力，認為法令應由國家壟斷，治國者才有制定權及法律解釋權，同時也就制定是非對錯的絕對標準。在國家體制之下，道德正義的標準都由國家來衡量，一般人沒有論斷政策、法令的權利。帝國權力的代表高踞於法令背後，不論是皇帝或官僚，他們永遠都能合法取得政權，以照拂人民、社會安全而維護法令秩序為藉口。

基於帝國本身利益的考慮，任何統治權發展到後來都會產生變化。一方面，它會違背更加素樸的正義觀；另一方面，這種統治權必然有雙重標準，法令主要是規範平民，有權勢者卻可以逃離法令制裁。在這樣的國家體制下，「俠客之義」變得不可或缺，因為平民無權無勢，他們不免會質疑：國家是否能提供公平與正義？

當法令明顯站在不公平、不正義的那一方，弱勢百姓如何措其手足？他們會惶惑於是否有人能導正或實踐真正的公平正義。因此，少數一群擁有正義信念、能夠逞暴力武勇的俠士應運而生。他們必然有武勇，否則無法衝撞龐大的國家體制，他們必須「以武犯禁」，才能抗擊原來集體社會的力量，進而實踐他們所相信的正義。

游俠的另外一項特質，是必須願意付出代價，置生死於度外。司馬遷之所以將這群「閭巷俠客」稱作「游俠」，來自所謂「文武合一」的武士傳統。這群「游俠」寧願捨命，也要實踐內在的信仰，依循自己的信念而非法規的標準去實踐正義。因此，他們勢必會付出代價，比如他們無法納入「編戶齊民」的制度中，也難以在既定的宗族體系裡取得穩固的地位。他們無法像一般人那樣安身立命，反而從社會體制中游離出來。游俠被賦予一股特殊力量，自成一派。

游俠既不依靠宗族組織，也不倚恃國家力量，他們憑什麼興起？這群俠客藉由「設取予然諾」、「千里誦義」的名聲，使得天下人稱頌並慕名而來，聚攏一群追隨者，形成一種游俠式的社會組織，一種既非國家亦非宗族的新組織。這股民間齊聚而成的力量，必然會一而再、再而三地遭到宗族或朝廷的側目，甚至試圖迫害、消除這些游俠徒眾。

司馬遷寫〈游俠列傳〉時，提及先秦俠士因為遭受儒、墨兩家排斥，沒有留下相關史料，而漢朝之後聞名於世的俠客，一為朱家，一為郭解。

在司馬遷筆下，郭解短小精悍，年少時殺過很多人，不惜以身犯險，也要為朋友報仇。他犯法無數，又私鑄錢幣、盜掘墳墓，但每當陷入危急之時，都能遇到天下大赦，因此倖免於難。郭解年長之後，才檢點行為，以德報怨，愈加喜愛行俠仗義，在鄉里間產生巨大的影響力，就連少年人都仰慕郭解俠義，常常暗自替他報仇。及至漢武帝下令各郡縣富豪必須遷往茂陵居住，家貧、不符合資格的郭解竟也名列其中，官吏不敢違逆法令，只好將他押解到咸陽就近看管。當時衛青曾向漢武帝進言，說郭解家貧，不符合遷徙條件，漢武帝卻認為區區一名布衣竟能請得將軍替他說情，可見郭家不貧。

當郭解遷徙到關中時，當地賢者、豪傑都爭相與之結交，在地方上又造成巨大騷動。先前，軹縣人楊季主的兒子擔任縣掾，提名郭解列入遷徙名單，郭解哥哥的兒子殺死楊縣掾，郭楊兩家因此結下仇恨。郭解遷徙至咸陽後，又親手殺死楊季主，楊家人憤而上書告狀，沒想到有人在宮門下殺死了告狀之人。漢武帝聽聞這則消息，下令逮捕郭解。郭解逃亡到臨晉，請求籍少公助他出關，輾轉逃到太原。官吏循跡找到籍少公，未料籍少公自殺，斷絕了官吏追查線索的口供。

許久之後，官府才將郭解緝拿歸案。軹縣有個儒生陪同前來查案的使者，聽到郭解門客讚譽郭解，便罵道：「郭解怎麼會是賢人，他專務作奸犯科之事。」郭解門客一聽到這句話，就殺死該儒生，並割下他的舌頭。官吏因此責問郭解，要他說出殺人者來歷，郭解不知兇手身分，官吏始終沒查出兇手是誰，只好向上奏報郭解無罪。

然而，御史大夫公孫弘告訴漢武帝：「郭解以一介布衣的身分，以俠義自任，沒有任何官職、頭銜，就能行使權術，為人驕橫，為了區區一點小事就殺人，郭解本人雖然不知道這件案子的殺人兇手是誰，但這件案子的罪過比郭解自己殺人還要重大，應當判處郭解大逆不道的罪名。」漢武帝一聽，立即就懂了公孫弘這段話的弦外之音。公孫弘從國家皇權的角度，評斷郭解僅僅是一名布衣，只因行俠的名聲遠播，竟能發揮如此大的影響力，他的存在勢必不利於國家。這番話說服了漢武帝，於是下令誅殺郭解家族。

司馬遷記錄的是一種理想型人物，這群人伸張正義，在這個世界上不可或缺。為什麼「正義」需要由游俠來行使？因為朝廷不能保證正義不受侵害，皇帝權力越大，帝王的統治就離正義越遠；司馬遷曾遭逢李陵之禍，囚於獄中，慘受宮刑，所以他深知這個道理。

〈游俠列傳〉記載至郭解滅族之後，社會上出現了一批為數不少的行俠者，但他們大部分都十分倨慢，不值得一提，換言之，有真的游俠，也有假的游俠。假的游俠簡直就是民間盜跖，為從前朱家所不齒的盜賊之人。真的游俠有謙讓的君子之風，他們秉持正義，凡事以實踐公義為原則；假的游俠只是假借正義之名，純粹以暴力武勇謀取一己私利，貪圖逸樂。

司馬遷為游俠立傳的意義在於：藉由朱家與郭解的事蹟，表達正義的價值及信念。不論在哪個朝代，居於弱勢者都得仰賴民間正義。行使正義的這群游俠來自民間，願意為了堅守正義原則而付出生命代價，他們象徵著司馬遷心目中理想型的生命情調，老百姓需要這種人存於世。套用司馬遷的話，就是「有國士之風」。他在〈報任安書〉中，從李陵平時的待人接物，特別評斷李陵為人「常思奮不顧身，以殉國家之急」，有「國士之風」。

何謂「國士」？如司馬遷所說，既能事親至孝，以誠信對待士人，又能處世廉潔，取財合乎禮義之道。簡言之，「國士」是有才德的人。從這個角度看，游俠亦是「國士」，只不過游俠並非「殉國家之急」，而是不顧自身安危，拯救民間陷於水火之中的苦難者。

04 俠的曖昧性和唐傳奇的「劍俠」

在歷史上，「俠」這個概念非常悠久，從《韓非子》追索「文武分途」之後的「儒」和「俠」，一直到太史公〈游俠列傳〉，有兩個事實是顯而易見的：

第一個事實，在中國現實社會中，「俠」不存在，意即司馬遷寫〈游俠列傳〉之時，真正的「游俠」已經消失了。秦以前的春秋戰國時代，當時的封建武士本就喪失立足於社會的基礎，所以為「游俠」立傳是一種理想的建構，「俠」在中國文化裡具有高度理想性。

第二個事實，「俠」一出現，就具有曖昧性質，意味著當統治權壟斷正義時，俠如果不去挑戰國家秩序，也就不成其為「俠」。從這個角度看，這正是少有捕快成為「俠」的緣故。

捕快代表傳統的執法者，但為何他們從未被當成「俠」來看待？執法者不就是以保護正義及人民為職責嗎？可是在俠義小說甚至武俠小說中，讀者一點都不覺得「六扇門」（衙門的別稱）或官場裡的這些人能夠擔任「俠」。「六扇門」其實是一種罵名，俗諺說：「衙門六扇開，有理無錢莫進來。」六扇門不是為了維持社會公義而存在。這個特殊的捕快系統，其權力伸及朝廷和江湖內外。

如同我在《曾經江湖》中所言，武俠小說被金庸寫死了，後繼作者很難再延續武俠小說的傳統，也很難像金庸一樣，能夠吸引大批書迷對武俠小說滋生巨大向心力。金庸之後，溫瑞安可說是傑出的武俠小說家，成名作《四大名捕》曾被翻拍電影，也許溫瑞安自己都沒有意識到，他以四名捕快刻畫「俠」，已經突破了武俠小說不以執法者為俠的傳統。

如前所說，「俠」一出現，就是高度理想性的象徵，但為什麼又同時具有曖昧性？「俠」有這兩種面目，他們破壞社會秩序，擁有危及社會治安的武勇暴力，但他們也正是憑藉這股力量掀起潮流、發揮影響力的。在此情況下，他們雖是破壞者，而當他們行俠仗義時，就成為至高的正義看守者，一切行事都被正當化了。這兩種面目必然隨時抵觸，俠在展現高度理想性時，一不小心就會顯露出曖昧性。

司馬遷為游俠寫傳之後，很長一段時間，俠其實並未受到重視，直至唐代傳奇出現「劍俠」這個角色，「俠」和「劍俠」才重歸文學作品，並與後來的武俠小說發生緊密連結。唐傳奇的創作高峯期是在中唐，也就是西元七五五年安史之亂後，此時距離唐朝建立已有一百多年，大唐盛世也即將結束，自此步入藩鎮割據的局面。

由於藩鎮各擁勢力，便出現了刺客，史家卻沒有認真看待、記錄他們的事蹟，於是被世人遺忘。當時刺殺之風盛行，也就衍生許多關於刺客的故事，如袁郊〈紅線傳〉、杜光庭〈虯髯客傳〉、孫光憲〈荊十三娘〉等。這群武藝高超的刺客忠於任務，自成一派，而一般人較為熟知的，就是唐傳奇中的聶隱娘。

侯孝賢電影《刺客聶隱娘》改編自唐裴鉶的〈聶隱娘〉，從傳奇到電影，聶隱娘都是唐德宗年間貨真價實的職業殺手。電影用絕美畫面高度還原中唐時代氛圍，在雍容深沉的蒼茫山水下，刻畫聶隱娘這個人物，她自幼接受白衣道姑的武藝訓練，專殺禍國殃民、殘暴無道的獨夫，信奉「殺一獨夫可救千百人則殺之」的刺客教條，成為殺人於無形的頂尖殺手。這部電影跳脫唐傳奇框架，改寫「各親其主」的原型故事，在渾噩亂世中更細緻地描寫刺客大義：一個身負異能的殺手，如何一次又一次背叛刺客教條，違抗師命，刀下留命（如不殺田季安）。

武俠小說的幽微世界，曾經深刻影響同一代電影人，譬如導演李安無論如何都要完成《臥虎藏龍》，呈現「每個人心中都有一把青冥劍」的武俠世界；王家衛則耐心耗費十年工夫，拍攝出《一代宗師》裡有勝負、也有人情世故的亂世武林。

這兩部武俠電影之後，侯孝賢找到他心目中的《刺客聶隱娘》，以迷人的唐朝為背景，演繹一個既別致又極具寫實性的劍客世界。這三位導演的風格迥異，但彼此之間卻有一個共同點——他們都懷有武俠夢。

從《飲食男女》到《綠巨人浩克》，李安擅長呈現出現代形式下的電影敘事；至於王家衛的代表作《重慶森林》，巧妙詮釋了香港城市的夢幻與愛情寓言。這三位導演慣用的電影語彙，一直以來都與「武林」無涉，可是這三位電影大師都實現了他們從年輕時就開始追逐的武俠夢。

李安、王家衛及侯孝賢那一代的電影人，走在電影藝術這條路上，一生之中終究還是要拍出一部武俠電影。這樣的武俠夢來自他們年輕時就累積的龐大武俠小說閱讀量，讀多了，自然想要勾勒出自己心目中的江湖。因此，當武俠小說與武俠電影兩者合鳴後，迸發出巨大的魅力。侯孝賢的選擇比較特殊，他忠於史料，以寫實風格為善於隱匿的刺客塑形還原中唐面貌。

唐傳奇中的劍俠世界，是繼《史記．游俠列傳》之後，另一片輝煌的武林，只是它熠熠的光芒讓人產生錯覺，忘了劍俠身處於中唐亂世。這種狀況一直延續至五代末年，才由宋太祖收拾混亂局面，進入到近世史。

俠出於亂世，唯有亂世，俠才有存在空間。游俠之後，出現了劍俠，這是

「俠」的第二次轉折。到了近世社會，又發生了第三次轉折，百姓生活在朝廷高壓的鉗制力量之下，自主型社會組織的存在空間越來越小，游俠出現的可能性也就微乎其微。游俠的社會性及現實性到了宋朝之後，就在近世社會消失無蹤了。

05 「儒俠」與「武士道」

到了十九世紀末，「江湖」及「俠客」為什麼會在武俠小說中重新嶄露頭角？一部分原因是，武俠小說仍然延續《水滸傳》這類俠義小說的傳統。明朝一直到滅亡前，都飽受流寇等外患的隱憂。外患引起的動亂頻仍，促使明朝社會尚武成風，也讓那些在科舉考場上失志的士人轉向習武，就連「心學」宗師王陽明也擅長騎射兵法，年少時即有任俠習氣。只是這種「武」是要為朝廷所用的，現實上在朝廷管束下，沒有豪俠恣意存在的空間。直到清朝末年，發生了「俠」的第四次關鍵轉折，「俠」的概念快速地重新組構，影響到後來武俠小說的創作。

清末章太炎寫《訄書・儒俠第六》，這篇文章講述了「俠」的概念如何演變，只是當他提及儒俠時，其實是重回到封建時代「儒」與「俠」文武合一的歷史脈絡。章太炎認為，「儒者之義」莫過於「殺身成仁」，「儒者之用」莫過於「除國之大害，捍國之大患」，因此「世有大儒，固舉俠士而並包之」，俠士可謂大儒。至於「刺客」，「當亂世則輔民，當治世則輔法」，如果沒有刺客以非常手段殺人，則「巨奸不息」。

章太炎不只是國學大師，還是一位激進派學者，他寫〈五無論〉，主張「五無」——無政府、無聚落、無人類、無眾生、無世界。「五無」觀一部分來自佛家思想，或說源自印度佛教、印度哲學的概念。「五無者，超越民族主義者也」，章太炎不從國家、政府的狹隘眼界來立論，因為「夫於恆沙世界之中而有地球，無過太倉之有稊米」，一旦分割國家疆域，則民族主義相應而生。「五無」其一是「無政府」，章太炎主張無政府主義，在他看來，政府是導致種族隔閡與相爭之源。而他之所以特別談論「儒俠」，正因為他處於「有為鴟梟於百姓者」的亂世。

如果想在亂世秉持「儒心」，即貫徹經世濟民的憂國憂民之心，非得成為一名「俠」不可。如同錢穆先生所說：「俠即儒之一派。文謂議禮，武是尚勇。」本身若無「俠」這種特質，不足以完成「儒」的使命——以解民倒懸為念，欲解救人民於水火之中。也就是說，想要實踐救民使命，必須訴諸「俠」的手段，而這種俠骨，可回溯到唐代的刺客傳奇。

十九世紀時，以暗殺遂行政治目的，一般而言被視為理所當然。那麼由誰來執行暗殺行動？正是「俠」。章炳麟重申歷史上的刺客傳統，打破當時一般人以為刺客是從俄羅斯傳過來的認知；並不是只有刺殺沙皇的人民意志黨，中國自古以來就有「士為知己者死」的刺客如豫讓、聶政。《訄書．儒俠第六》中說：「漆雕氏之儒廢，而閭里有游俠。」「俠」原來都是「儒」，「俠」者捨生取義，與儒者嚮往的「義」等同。這個時候，僅僅是讀書人不足以成為「儒」，還必須擁有「俠」的尚勇特質，才是大儒。

除了章炳麟論〈儒俠〉，梁啟超的《中國之武士道》一書也相當具有代表性。一看書名，「武士道」三字顯然受到日本影響。清光緒戊戌變法失敗之後，梁啟超流亡日本，先是創辦《清議報》，停刊後再籌辦《新民叢報》，「取《大學》新民之意」，發表一系列「新民說」政論，旨在「維新吾民」，創造中國的新國民。《中國之武士道》可說是「新民說」當中極為激烈的主張，與梁啟超逃亡日本的經驗有關。時值日本明治維新，日本軍部徵召居無定所的浪人武士入伍，或是派遣他們去其他國家執行諜報、偵察工作，成為日本侵略擴張的利器。

梁啟超的《中國之武士道》極有意思，在相當程度上，等於呼應了章炳麟的「儒俠」說。《中國之武士道》是以紀傳體寫成，採集、評注春秋戰國時代以迄漢初的武士們。契合「儒」、「俠」合一的概念，梁啟超編纂中國武士道傳記，開篇第一人就從孔子寫起，然後以《史記》〈刺客列傳〉、〈游俠列傳〉為綱目，曹沬、豫讓、荊軻、高漸離、朱家、劇孟、郭解等等人物，都被列在這本小書裡。

梁啟超的用意在於寫一本可以啟蒙、影響中國年輕人的教科書，希望當代中國人能夠覺悟。而他之所以「取日本輸入通行名詞」，將書名命為「中國之武士道」，是為了「補精神教育之一缺點」。他大聲疾呼恢復「祖宗之神力」，重新評點名留青史的中國刺客、游俠。他認知到日本快速強國的原因，正在於他們保留了武士道精神，倘若中國力圖強盛，其中一條重要的道路，就是重新認識、瞭解中國的武士道。尋回了武士道精神，中國就有機會像日本一樣迅速翻轉國運，擺脫長期以來的虛弱形象和災難性命運。

這種概念影響所及，也顯現在平江不肖生的武俠作品上。

近代武俠小說史上，平江不肖生有兩部重要經典作品：《江湖奇俠傳》和《近代俠義英雄傳》。其中《近代俠義英雄傳》以清末武術家霍元甲為中心，敘述霍元甲「三打外國大力士」的傳奇。平江不肖生創作霍元甲及其他奇俠故事，出發點不盡然是為了給讀者消遣閱讀，他的寫作用意與後起的武俠小說家截然不同。以霍元甲作為俠的榜樣，是為了鼓吹強身、強國、強種意識。

平江不肖生為什麼特意寫霍元甲傳奇，而且戰鬥的對手都是英國人、俄國人？顯然當時西方列強向中國伸出掠奪、侵略的鷹爪，已經深深烙印在那一代人的心上。西方人批評衰落、頹弱的大清帝國為「東亞病夫」，梁啟超在《新民說》中也提到：「夫中國一東方病夫也，其麻木不仁久矣。」同樣意識到西方人眼中的中國形象。

在西方人眼裡，中國人是無可救藥的「東亞病夫」。清末的禁煙運動，一部分是為了解決鴉片造成清廷白銀外流的財務困境，另一部分則是知識分子的憂國憂民。梁啟超等人從拯救民生、脫離鴉片毒害社會的角度，企圖恢復失傳已久的中國武士道精神。這股輿論感染了小說家平江不肖生，他藉由武俠小說，鼓勵人人以霍元甲為榜樣練武強身，獲得強健體魄，進而強國、強種。

一九三〇年代，中國掀起波瀾壯闊的歷史研究及辯論，當時的知識分子針對中國社會的問題和性質，展開為期十年的「社會史論戰」。所謂「社會史論戰」，討論主軸是中國的社會面貌在歷史各個階段如何轉變。這波浪潮相當程度上受到馬克思主義和唯物主義的影響，激烈爭論如：中國是否存在奴隸社會制度、中國的奴隸制社會如何進入封建制社會，以及封建制社會與封建制度是否能夠等而論之等議題。這次的論戰雖然難有結論，卻刺激了那個時代的史學家重新檢討、看待中國社會的轉變。中國社會不是憑空成形的，而是經過不同時期積累而成。

在社會史論戰思潮席捲之下，至為關鍵的一件事，就是讓人們重新認識了春秋戰國時代。歷史學者陶希聖著有《辯士與游俠》，認為春秋戰國時代游離於國家體制之外的「遊閒分子」有兩類：「辯士」即是縱橫家，屬於知識分子；「游俠」則是遊民無產者。這類遊民的活動也有兩種：一種屬於個人，例如司馬遷〈刺客列傳〉裡的聶政與荊軻，是「英雄的個人行為」；另一種屬於集團，例如信陵君食客偵趙、救趙的事蹟。陶希聖認為，辯士和游俠正是從封建制度下的貴族、農奴階級轉變而來的。

自秦漢以降，「俠士」或「游俠」這種特殊人格，漸漸在歷史上消失，淡出世人的記憶。所以，不論是梁啟超《中國之武士道》，還是陶希聖《辯士與游俠》，都極盡所能去挖掘秦漢以前的游俠史事。

錢穆先生講得更精彩。錢先生在〈釋俠〉一文中指出，司馬遷在〈游俠列傳〉論俠，有「布衣之俠」、「閭巷之俠」、「匹夫之俠」，可說是平民之俠，而與平民之俠相對照的是戰國四公子。不似貴族之俠，匹夫之俠已湮滅於史籍中。錢先生由此分辨孟嘗君、春申君、平原君、信陵君可謂是「卿相之俠」，朱家、郭解之輩則是「閭巷布衣之俠」，「俠」必須贍養武勇之士，也就是《淮南子》所說的「任俠者」【注】，成為戰國、秦漢之際一股不容小覷的社會勢力，自然形成社會集團的性格。

此外，在〈論春秋時代人之道德精神〉一文中，錢先生分析春秋戰國時代人的人格，特別強調生死一貫的道德精神：

> 所謂道德即教人以不違其內心之所安，於是有種種之德目。而外界之利害禍福，可以一切不顧。即他人之是非評論，亦可以棄之不問。唯此即為道德之完成。道德完成即是其人人格之完成，即是其人生命之完成也。蓋人生必達於是，乃始為完成其生命之大意義，乃始為善盡其生命之大責任。死生一以貫之，人之死即所以成其生。即於完成道德，完成人生之一大觀念下，實無生死之可辯也。

中國曾經擁有過一個「重生輕死」的時代，人輕易就能自殺，拋棄生命。這種現象極為奇特。例如《史記·趙世家》就記載了「下宮之難」，也就是程嬰、公孫杵臼救趙氏孤兒的事蹟。春秋時代的晉國世族趙氏，被屠岸賈陷害滅門，趙朔妻生下遺腹子被追殺，公孫杵臼和程嬰商量，讓程嬰假意向屠岸賈告發，殺掉公孫杵臼和已掉包的嬰兒，以換得遺腹子趙武的安全。等到趙武長大報了仇，程嬰便自殺以謝公孫杵臼。

從秦漢以後，我們再也看不到春秋戰國時代這樣的人格典型；秦漢以後，人們普遍認為生命中最重要的意念，就是「好死不如賴活」。然而有那麼一個時代，出現過一群人，他們深信與其賴活著無用，不如死得其所，否則雖生猶死。對春秋戰國人來說，有許多的原則及信念，都比苟活來得更加重要。

為了原則、信念而活下去，才是人的艱難，與之相比，死不足懼。這種生命意趣，在一九三〇年代得到了張揚，展現出另一種刺激和熱情。

【注】《淮南子．泛論訓》云：「北楚有任俠者，其子孫數諫而止之，不聽也。縣有賊，大搜其廬，事果發覺。夜驚而走，追，道及之。其所施德者皆為之戰，得免而遂反。語其子曰：『汝數止吾為俠。今有難，果賴而免身，而諫我，不可用也。』」

06 身懷武功者，才能成為俠？

「死無所懼」並非從此讓中國人對生命的態度改弦易轍，這樣的生命意趣，秦漢之前確實曾轟轟烈烈存在過，而這種人格特質別具一格，與「俠」相關。發展到後來，此一內涵便充分反映在武俠小說的內容上。武俠小說沿著這一部分的傳統興起，「俠」的概念自此風起雲湧。

何謂「俠」？武俠小說必然包含兩個部分，其一是「武」，其二為「俠」。為什麼俠必然具備「武」？因為唯有「武」能賦予俠超越平凡人的特異本事。《曾經江湖》書中講過，武俠世界與平凡世界是平行存在的，只有少數的倒楣鬼穿梭其中，像「店小二」就是衰運當頭的代表性人物。店小二為何老是遭殃？因為他身上沒有半點武功，只能任憑擺佈。

我們也可以回想一下《射鵰英雄傳》。全真教王處一被藏僧靈智上人打了一記毒沙掌，為救王處一，郭靖和黃蓉潛入完顏王府尋藥。在偌大王府突然遇見府裡的簡管家，黃蓉便威脅他老實交代完顏康差人買來的幾味藥放在何處：

黃蓉左手在他手腕上一揑，右手微微向前一送，蛾眉鋼刺嵌入了他咽喉幾分。那簡管家只覺手腕上奇痛徹骨，可是又不敢叫出聲來。……黃蓉右手扯下他帽子，按在他口上，跟著左手一拉一扭，喀喇一聲，登時將他右臂臂骨扭斷了。那簡管家大叫一聲，立時昏暈，但嘴巴被帽子按住了，這一聲叫喊慘厲之中夾著窒悶，傳不出去。……簡管家痛得眼淚直流，屈膝跪倒，道：「小的真是不知道，姑娘殺了小的也沒用。」黃蓉這才信他不是裝假……

身懷武功者，才能成為俠，才能闖蕩江湖。當路見不平時，想要拔刀相助，你得先握有刀，還要懂得運用手中的刀，否則任何濟世豪語都只是一番空話。俠處於江湖，必須身懷「武」這項利器，唯有如此，才能證明俠為何能自外於庸碌平凡的世界，去執行正義的使命。這正是「武」與「俠」並存的根據。

武俠小說所描述的世界，相當程度上也反映了中國沒有神話傳統。神話有何重要性？其作用就在於，人們可以將他們對於世間的種種不滿或疑惑，全都發洩在神明身上。將一切推託給神明，就是因為世間凡人無力解決、承擔所有的罪過與災難。那麼，為何神可以解決一切難題？因為神擁有神力，神與人最大的差別就在於此。神話也建立在這個基礎上：人不是神，神擁有凡人無法企及的神力，毋須受到人間的限制，所以人在無力與掙扎之中得到了安慰，因為相信有神，相信神會發揮力量幫助他們解決問題。

但千萬別忘了，在士人的大傳統中，「子不語怪力亂神」，對於神話是不屑一顧的，神話只存在於民間信仰，難登廟堂。在此情勢下，人們胸中那一股義憤，極難有出路。所以在相當程度上，「武功」旨在創造某種神話，意味著你我閱讀武俠小說時，都放下了現實感。如果再仔細推敲一番，武俠小說裡的這些江湖人物，其實都似神而非人，他們擁有一身超凡武功，驅使他們超脫現實，遁入另一個空間。

除了「武」這項能力，俠還必須具備另一種特質。俠不能空有一身武功，還得懷抱春秋時代「死生一以貫之」、「善盡生命之大責任」的信念及原則。換言之，俠必須具備公共性。哪一類人可以成為「俠」呢？並不是單憑武藝就行，身懷武功之人，也有可能是暴徒，或是魚肉鄉民者。武俠小說承載的是〈游俠列傳〉所傳留的內涵，因此，「俠」必須抱持著正直信仰，維護正義、保護弱小，是他們一以貫之的守則。

統。

當我們談到金庸寫作的基本脈絡時，也必須對照著看「俠」的這些特質及傳統。

一九五五年金庸動筆寫第一部武俠小說《書劍恩仇錄》，緊接著一九五六年發表《碧血劍》，等到金庸完成「射鵰三部曲」，這兩部作品難免就被金迷所忽略。陳家洛與袁承志淡出了讀者心中，這兩位俠令人愛戴的程度，遠不及郭靖、楊過、張無忌。再回頭細想，陳家洛和袁承志的形象其實完全符合武俠小說傳統，他們都身懷絕世武功，差別只在陳家洛一上場就武藝驚人，袁承志則是經過一番歷練，武技與日俱增。事實上，他們都是神人而非平凡人，而且他們都是俠，身上具有再清楚不過的公共性——愛國愛民。

「愛國愛民」這四個字對陳家洛來說十分重要，《書劍恩仇錄》最關鍵的情節就在於陳家洛如何替漢人尋找出路。他立志推翻清廷，想要借他親兄長乾隆皇帝的手顛覆朝廷，一舉實現漢人江山。陳家洛對於「救世濟民」、「漢人天下」念茲在茲，這也是小說最扣人心弦的書寫核心。

袁崇煥之子袁承志也是如此，因為身世的緣故，他在《碧血劍》裡始終背負著任務，報父仇就是他存在的意義。他有兩個公共性的報仇對象，一個是崇禎皇帝。袁崇煥曾經主張議和、擅殺毛文龍，又頻上奏摺「催餉」，提出「發內帑以犒將士」，這些前因策動了皇太極使出反間計，生性多疑的崇禎皇帝最終以「魚鱗刮」凌遲處死了袁崇煥。袁崇煥一生保衛大明江山，卻換來三千五百四十三刀的報償。而滿洲人陷害父親、侵略中原，則是袁承志的第二個大仇人。

袁承志將復仇大業依託在「闖王」李自成身上，只是當這名強者攻入北京城後，便開始貪婪腐敗。在這裡也顯現出「俠」存在的必要，一旦統治權力變質，就必須倚賴「俠」來收拾。然而，《碧血劍》的結尾宣告了「俠」的失敗，在「闖王」背離百姓之後，袁承志未能真正解救黎民於水火，落寞遠走南方小島。

陳家洛、袁承志這兩位俠，都以國家大義為己任；而在下一部《射鵰英雄傳》中，雖然主角郭靖被塑造為「俠之大者，為國為民」的典範，但我們不得不承認，和郭靖相比，道德性沒那麼完美的黃蓉，以及那些極具個人魅力的配角人物，更吸引住讀者的目光。這時候，我們固有對於「俠」的概念其實已經鬆動了。到了《神鵰俠侶》，主角楊過又突破了讀者想像中「俠」的形象（可參《曾經江湖》）。自此，在金庸筆下，「俠」的面貌變得越來越多元。

武功原本是「俠」存在的正當性之一，此外，如果只是徒有武功，而缺少濟弱鋤強之心，仍不成其為「俠」。只是這句斷言，是先將《鹿鼎記》排除在外。《鹿鼎記》主角韋小寶的出現，無疑挑戰了「武」與「俠」的雙重定義，逼著我們重新爬梳「武」與「俠」的關連——韋小寶算是「俠」嗎？這裡暫且埋下伏筆，留待《再會江湖》詳細探索。

07 武林：為新秩序而生

平江不肖生的《江湖奇俠傳》，在武俠文學史上的巨大貢獻，就是形塑了武林。何謂「武林」？「江湖」又是什麼？

武林、江湖就是這一群奇異之士所組成的人際關係。武俠小說敘述的不是俠在凡人世界的遭遇，而是這些俠以非凡武功創造的奇觀。它的敘事架構不在平凡人與俠之間的關係，而是圍繞在俠與俠之間的情仇糾葛。武俠的空間獨立存在於凡人世界之外，自成一脈，彼此有特定的人際關係。

俠的人際關係有基本的套路或模式，俠並非單獨存在，而是依附在幫派之中。也就是說，任何一個角色進入到武俠空間裡，來自於何門何派，就是他的首要身分。在武俠小說中，角色的出身與頭銜極為重要，比如《射鵰英雄傳》裡，柯鎮惡是「江南七怪」之首，洪七公是「丐幫」第十八代幫主，幫派、頭銜明確標示出這些「俠」在武林人際關係中的地位。

從這點來看，平江不肖生以來的武俠小說，之所以足可開創新時代的新局面，關鍵就在其「系譜」，以及「系譜」所打造出的異類世界。江湖或武林，從平江不肖生的小說透顯出來，成為一個藏在日常生活中，一般人卻看不見、聽不到、摸不著的隱形世界。江湖、武林與現實不即不離，亦即亦離。

從此之後，江湖、武林成了底層的另類中國。事實上，平江不肖生的小說會流行起來，以及作為一種文類，武俠小說會有那麼旺盛且長久的生命力，吸引一代一代的作者與讀者，其中一項歷史緣由，或許就來自中國主流的大傳統在歷經挫折、崩潰之後，人們只能藉由「武俠」的仲介，想像一個充滿義氣與英雄的「底層中國」、「小傳統中國」。

十九世紀以降，中國迭遭打擊，終至使得一切舊有秩序都失去了合法性，當然也失去了效力。科舉瓦解了，朝廷瓦解了，鄉約宗祠瓦解了，進而連政府官家的權威也瓦解了。在這種惡劣悲觀的現實下，人們還能依賴什麼？

人們可能會依賴像杜月笙那樣的仲裁者。杜月笙及上海青幫的傳說在民國初年廣泛流傳，甚至被誇大為傳奇，正反映了那個時代的「秩序渴望」。除了「秩序渴望」之外，還有「尊嚴渴望」，渴望面對被西方勢力不斷挫敗的中國，還能夠有些值得肯定、值得驕傲的地方。

在武俠小說的類型規範裡，武林、江湖就是不斷處於尋求秩序的狀態。武俠小說的開頭，幾乎都是原有的武林秩序瓦解了，必須藉由一位英雄或一群英雄，在一連串奇遇及武鬥之後，最後創造出新的秩序。

武俠小說逃不掉的宿命，是不斷在瓦解後的舊秩序當中尋求新秩序。如果不是如此，就違背了武俠小說的傳統，甚至不被視為好的武俠小說。基於以上背景，即能解釋金庸的小說為何能臻至武俠文學的巔峯。

在一般讀者心目中，「華山論劍」是金庸小說令人印象深刻的情節設定。為什麼會發生「華山論劍」？在《射鵰英雄傳》這部小說裡，有金庸因應武俠敘事傳統的基本架構，當然也有金庸的獨特創新。

小說裡第一次提到「華山論劍」時，事件已經過去很久了，可是書中人物仍反反覆覆回溯、描述這件事，因為那是整部小說最核心的重大事件。東邪、西毒、南帝、北丐、中神通，他們論武七天七夜，最後由中神通王重陽技壓其他四人，奪得武林奇書《九陰真經》。王重陽出家做了道士，創立全真派，他之所以爭取《九陰真經》，目的是為了藏起來，讓武林從此遠離腥風血雨。情節進展到此，新秩序形成了。

但之後，一連串的陰差陽錯及轉折，讓武林再生波瀾，才剛建立好的秩序又遭破壞。銅屍陳玄風、鐵屍梅超風這對夫妻檔，他們原是東邪黃藥師的徒弟，盜走了黃藥師略施小計得來的半部《九陰真經》，練成陰毒武技後，以「黑風雙煞」之名在江湖中闖蕩。江湖再起風波，不少英豪的性命折損在他們手裡。

如此開啟一個漫長的故事，但無論這個故事走得多漫長，它還是依循著武俠傳統的基本模式，意味著憑藉王重陽的修為建立起的秩序遭到毀壞，此時必須藉由第二次華山論劍，重新收拾混亂的武林秩序。《九陰真經》重現江湖後，西毒歐陽鋒即不擇手段地搶奪，郭靖和黃蓉也介入其中，而他們最重要的作用，就是按照類型小說的慣例，分隔出正派與反派陣營。

然而金庸最傑出的成就，在於不破壞武俠類型規範，卻寫出了正派與反派人物之間更為複雜的關係。《射鵰英雄傳》可說是金庸創作的一次分水嶺，意味著自《射鵰英雄傳》之後，金庸衡量正、邪的標準已有了變化。

在《書劍恩仇錄》和《碧血劍》中，反派就是不折不扣的反派，換言之，反派之所以成為反派，完全來自一個人的心術不正，或是邪魔般的個性。但是到了《射鵰英雄傳》、《神鵰俠侶》，金庸筆下的大反派如歐陽鋒、李莫愁，可恨之餘也讓人看到可憐之處，《倚天屠龍記》的人物刻畫也變得更加複雜，形象最突出的莫過於滅絕師太。她是出身峨嵋的正派人物，絕非壞人，但她的頑固導致是非不分；她也是最刻薄、自以為是的人，像是懲戒徒弟紀曉芙的手段就頗為駭人。到了《笑傲江湖》，金庸更是將這個主題發揮到淋漓盡致，就看左冷禪、岳不羣、余滄海等名門掌門的作為，正、反派人物出現了混淆，其界線也不再非黑即白。

讀者預期從閱讀武俠小說得到安慰，從不堪的現實逃入想像世界，這是平江不肖生開啟的武俠世界。當時的中國人渴望秩序、渴望尊嚴，但凡維護秩序的人物就屬於正派這一方；反之，破壞秩序的就是反派角色，讀者不必去深究他們是如何誤入歧途的。金庸從這個傳統裡來，卻走出了自己的一片新境界。

08 英雄的想像

對照平江不肖生在《近代俠義英雄傳》中，著力書寫霍元甲「三打外國大力士」，最清楚反映了武俠小說在提供「尊嚴渴望」上的重大功效。這是正義尊嚴之外，不容忽視的民族尊嚴。

在西方，歷史小說家華特．史考特，也很擅長寫這類俠義小說，之所以提到史考特爵士，是因為出版英文版《射鵰英雄傳》的麥克萊霍斯出版社（Maclehose Press）總編輯保羅．恩格爾（Paul Engles）是不折不扣的史考特迷，他決定出版《射鵰英雄傳》，想必與這個背景有關。

我曾經與這位總編輯在談話的時候，提到史考特與金庸的作品之間存在的絕大差異，那就是史考特的歷史小說中沒有民族主義成分，書中英雄的血統和民族身分都不重要。反觀金庸的武俠小說，承襲自兩項背景：首先，是平江不肖生所建立的武俠小說類型，「武俠」存在的作用是為了讓中國人揚眉吐氣；其次，金庸在對日抗戰時期當過流亡學生，日本侵華在他心中留下痛苦記憶，反映在外族與漢人之間的衝突描寫，始終都是他小說中的主軸。

金庸選擇小說的歷史背景，大致上是以宋代、明末清初、清朝為主，民族衝突有來自宋遼金之間的關係這一系列，另一系列則是漢人與滿人之間的關係。金庸擅長寫民族間的對立與衝突，從民族主義的角度看，這也是我認為《鹿鼎記》必須單獨評說的原因。

武俠小說創造的武林、江湖，藏著各式各樣的英雄，他們神武、雋朗、智慧，而且充滿美德。中國社會得以戰勝西洋的，不在朝堂、士大夫的那個「顯世界」，而是在武林、江湖所形成的「隱世界」。「顯世界」已被證明不堪一擊、破敗狼狽，沒關係，還有「隱世界」的存在。無論江湖、武林再怎麼險惡，充滿了鉤心鬥角，或在敗破中尋求新秩序，武俠世界絕對比現實美好，比現實更值得我們嚮往。

這種依靠想像來維持尊嚴的路數，不是很像相信靠著神符咒語就能「扶清滅洋」的義和團嗎？平江不肖生必然也自覺到霍元甲拳打洋人力士的故事精神裡，有太多「義和團成分」在，才刻意在書中安排霍元甲不只反義和團，還解救被迫害的教民，誅殺義和團首領。

不過，霍元甲殺了義和團首領，卻殺不斷武俠小說在社會意識功能上與義和團的相近關係。武俠小說是那個悲苦年代的心理逃避，同時也是安慰。從不堪的現實逃入一個想像世界，因為有著完整的系譜，看起來如此具體、立體。

平江不肖生之後，武俠小說在閱讀上提供的最大安慰，就在於似真地告訴讀者，在我們周圍，幽微隱藏著沒被我們識破的另一個中國，一個保留了俠義精神高貴特質的中國，一個具有足以擊倒外國勢力能量的中國。這個有英雄的江湖，不是任何人為了寫小說而捏造出來的，平江不肖生能寫出這樣的小說，是因為他得了機緣之助，是得以識破那個世界一小角的偷窺者，將那個世界的樣貌轉述給我們知道。

虛構故事的小說作者，想方設法地排除附著其上的虛構性，假裝那敘事聲音來自一個記錄者。請看《江湖奇俠傳》裡向樂山的故事，是怎麼開頭的？平江不肖生寫道：

> 清虛道人收向樂山的一回故事，凡是年紀在七十以上的平江人，十有八九能知道這事的。在下且趁這當兒，交代一番，再寫以下爭水路碼頭的事，方有著落。

這是平江不肖生重要的寫作策略，也是他開創「武俠」的主要貢獻之一。他用這種方式開啟了讀者及後繼的作者心中那種虛實互動、現實與江湖兩個世界彼此穿梭互通的無窮可能性。

09 「俠」內在的道德矛盾

在平江不肖生之後的武俠世界中，有兩個特殊的組織（或說門派）經常出現，那就是佛寺跟道觀，這種組織不同於宗族，它之所以存在，其實恰巧反映了宋代以降中國社會的最大特色：中央朝廷的勢力不斷上升，壟斷了所有政治及組織的權力。

在中古時期，尤其是魏晉南北朝到隋唐時代，佛寺一直是非常龐大的組織。僧侶及土地都是佛寺的資產，等於寺院財產私有化，這些宗教組織有其經濟系統，簡直就是國中之國。但是到了近世的宋朝，開始嚴加控管僧眾的數量，再也看不到如此規模的佛寺了。

不過武俠世界既然平行於現實社會，不存在於現實，因此「俠」經常與寺院、道觀有關連，最知名的莫過於少林與武當。但佛寺、道觀組織的存在，又顯示了武俠小說的內在矛盾，因為它們與江湖格格不入。佛門本應不問塵世，道家也應講求清淨無為，如何與好勇鬥狠扯上關係？

道教講究吐納養生，後來與氣功、武術產生關連；而佛門亦有「武」的特質，其實在中古時代，佛寺可以擁有僧兵，作為護衛寺廟的武力。像是日本奈良朝、平安朝的東大寺、興福寺、藥師寺等七大寺，以及京都比叡山的延曆寺，這些大佛寺都備有僧兵。又如北魏、五代十國時期，僧侶也曾經參與農民起義、抵禦外族等壯烈事蹟。因著這樣的淵源，佛寺僧兵與道觀武術遂成為一種社會的隱性記憶，在武俠小說中傳留下來，並與江湖、武林結合。

宗教本應悲天憫人、慈悲為懷，尤其不殺生，但行走武林，必然會使用武功、動用兵器。對照《射鵰英雄傳》，鐵掌幫幫主裘千仞在華山之上提出一個大哉問：「哪一位生平沒殺過人、沒犯過惡行的，就請上來動手。」幾位高手給裘千仞這句話當場就堵住了。身在江湖，你能不殺人嗎？可是武俠小說裡的僧人、道士，不在佛門、道觀清淨地，卻出入江湖打打殺殺，成何體統？

對於西方譯者來說，金庸小說實難翻譯。譯者首先就會遇到價值上的衝突。東方的「俠」其實存在著內在矛盾，「俠」既追求正義，如司馬遷筆下的游俠「赴士之厄困」，但「俠」本身又是破壞社會秩序的源頭。譬如《書劍恩仇錄》中，前半部情節主要圍繞在「救文泰來」這件事上，但為了救這位四當家，紅花會殺了多少人？那些人的性命真的不值一顧嗎？當「俠」行俠仗義時，如何確定他伸張的正義是絕對的正義？

當譯者試圖詮釋這個正義矛盾時，西方讀者可能缺乏這種默契情境，進而產生疑問。正如北丐洪七公面對裘千仞的脫罪之詞，曾義正詞嚴地說，自己「生平從來沒殺過一個好人」。這極有可能是個「套套邏輯」（tautology）。怎麼確定自己從未錯殺過一個人？究竟是用何種標準，去證明自己殺的每一個人都是「貪官汙吏、土豪惡霸、大奸巨惡、負義薄倖之輩」？大俠殺的就都是壞人？死於奸徒刀下的都是好人嗎？

金庸意識到這個問題與矛盾，才會描寫郭靖對於學武、殺人的反思：

「我一生苦練武藝，練到現在，又怎樣呢？連母親和蓉兒都不能保，練了武藝又有何用？……完顏洪烈、摩訶末他們自然是壞人。但成吉思汗呢？他殺了完顏洪烈，該說是好人了，卻又命令我去攻打大宋；他養我母子二十年，到頭來卻又逼死我的母親。……拖雷安答和我情投意合，但若他領軍南攻，我是否要在戰場上與他兵戎相見，殺個你死我活？不，不，每個人都有母親，都是母親十月懷胎、辛辛苦苦的撫育長大，我怎能殺了別人的兒子，叫他母親傷心痛哭？他不忍心殺我，我也不忍心殺他。然而，難道就任由他來殺我大宋百姓？學武是為了打人殺人，看來我過去二十年全都錯了，我勤勤懇懇的苦學苦練，到頭來只有害人。早知如此，我一點武藝不會反而更好。……」

金庸藉由郭靖的「武功害人論」，試圖釐清這道難題，使金庸小說的文學成就遠超過其他武俠小說家。古龍也認真處理過這個問題，《多情劍客無情劍》裡的主角李尋歡擁有神乎其技的絕世武功，江湖上人人皆知「小李飛刀，例不虛發」，但罹患肺癆的李尋歡最突出的特質就是不殺人。由於他堅持不殺人，便經常讓自己陷入艱難的處境。另外還有楚留香，也是一個不殺人的俠。

古龍要著墨的是，人在生死一念之間，如果不殺人，會付出什麼代價？會讓自己陷入怎樣的困境？這是古龍獨到之處。殺人與救人，小說家必須維持生命邏輯的連貫性、一致性；如果「俠」的精神是救人至上，但為了救一個人，可能會殺害其他人，這中間的合理性究竟為何？單就這一點，其中的思考脈絡在武俠小說中往往囫圇處理過去，經不起翻譯細究。

10 俠傳統：集體高過個人

對西方讀者來說，他們抱持著啟蒙主義所揭示的自由主義與個人主義，很難理解東方武俠中的集體或組織性。在江湖、武林中，作為一個「俠」，他不是獨立存在的個人，而為了自己的民族身分或江湖身分，願意隨時獻出性命。

「俠」必須歸屬在門派關係之下，這其中也產生了衝突與矛盾。武俠世界不是為了從傳統宗族關係游離出來而存在的嗎？可是一旦「俠」依附於江湖組織，仍然必須蹈行如尊師重道的守則，現實社會的宗族枷鎖透過武俠世界的師徒關係復活了，有時甚至比「君臣父子」的人倫制度更加嚴格。在江湖上，師徒關係無比重要，試想當小龍女和楊過打破師徒之道想要結為夫妻時，引來了多少鄙夷唾罵，生出了多少阻礙波折？

金庸常常在小說中提及「門派之別」，那是什麼？例如《神鵰俠侶》〈武林盟主〉那一回，楊過和金輪法王的弟子霍都過招，一開始使出洪七公的「打狗棒法」，就被霍都怒嗆不用本門武功：

> 楊過接口道：「你這次說的倒算是人話，這棒法果然非我師父所授，縱然勝得你，諒你也不服。你要見識見識我師父的功夫，絲毫不難。我剛才借用別派功夫，就怕本門功夫用將出來，你輸得太慘。……幸虧這番王提醒了我。若是我用打狗棒法勝他，怎能顯出我姑姑的本事？姑姑豈不怪我忘了她傳授武功的恩德？」

比武論輸贏，最忌諱使用非本門武功。此外，另投師門也「不合武林規矩」。當郭靖想撮合楊過與郭芙的婚事，黃蓉卻看出楊、龍二人的關係不尋常，追問楊過是否對小龍女「磕過頭、行過拜師的大禮」。郭靖一時不能明白黃蓉話中的意思：

> 郭靖……心想：「他早說過是龍姑娘的弟子，二人武功果是一路同派，那還有甚麼假的？我跟他提女兒的親事，怎麼蓉兒又問他們師承門派？嗯，他先入全真派，後來改投別師，雖然不合武林規矩，卻也不難化解。」

又如《碧血劍》袁承志的武功養成過程中，其實有兩個師父，除了華山本門師父穆人清外，還有一位木桑道人，但木桑道人堅決不讓袁承志拜他為師，也不直接教他武功。為什麼？因為武林規矩是，徒弟只能拜一個師父，一日為師，終生為師；如果向其他師父學武，那就是欺師叛門。

然而，郭靖、楊過等人後來得以臻至武學的化境，是在因緣際會下習得了其他門派的武功，然後加以融會貫通。這裡有矛盾。金庸大膽地探索這項矛盾，看袁承志、郭靖、楊過、令狐冲之所以能夠脫穎而出，就是因為其他人都遵守門派之別，所以丘處機教出來的徒弟，不可能比丘處機武功來得高強。

對照古龍小說，古龍完全不寫門派之別，也不在意著墨大俠們的武功來歷。可是讀金庸的小說，有個非常過癮的地方，就是看金庸如何巧妙地設計大俠們的武功奇遇；原本依照武林規矩，一個人一生只能有一個家派，卻有少數人可以迭逢機緣，可以打破江湖規矩，傳承不同門派、不同師父的武功。

正因為突破了武俠小說傳統，讀者在金庸小說中得到了閱讀上不同的趣味。回想一下，看《射鵰英雄傳》郭靖闖蕩江湖的故事，哪一段情節讓你欲罷不能？應該是他學武的奇遇吧。例如在黃蓉的美食引誘下，九指神丐洪七公破例教了郭靖「降龍十八缺三掌」，或是郭靖在桃花島上巧遇老頑童周伯通，學會了左右互搏之術，類似的小說情節會吸引你一直讀下去。

西方讀者可能無法深刻理解這種敘事邏輯：為何在比武相爭之際，只能使用本門武功？集體性原則為什麼高過一切，壓過了個人的個性，甚至超越個人的生死？這是武俠小說的精髓，正因為武俠小說有其曲折來歷，俠有其理想性與曖昧性，外在於這個社會或文化，就不容易讀得透徹。

武俠小說是由整個時代打造出來的，當讀者進入了武俠世界，意味著讀者本身也是這種歷史力量的產物。

11 俠的現實難題：逼上梁山之後呢？

長期以來，中國的傳統秩序有兩股堅不可摧的力量。歷史最悠久的一股力量來自宗族（親族），是從周代封建制度建立起來的。親族系統是中國社會組織最重要的核心，意味著以君臣、父子、夫婦、兄弟、朋友這「五倫」作為人際規範，人與人之間的對待，諸如尊卑及規矩，都是由親族擴張出去，「君君，臣臣，父父，子子」，而皇帝就是萬民的父親形象。宗族之外，另一股傳統秩序的力量，就是來自國家（朝廷）。

所謂「俠以武犯禁」，「俠」之所以存在，正在於社會以親族為核心。例如《論語．子路》中說：「父為子隱，子為父隱，直在其中矣。」親族關係就凌駕道德及法律之上，父親犯罪兒子會為父親隱瞞，兒子犯罪父親會為兒子隱瞞，孔子認為「父子相隱」不僅保全了親情，也是公正合理之事。於是，當法令與親情相衝突時，人們常常陷入兩難，掙扎於不孝或者不義之間，致使社會上無法落實普遍正義。所有的正義原則在五倫綱常的道德觀下，只能做各式各樣的調整與妥協。只是，被迫妥協的人心裡，必然抱有不滿情緒，甚至比親族系統更巨大的妥協壓力，來自於政治力量。所以「俠」為何會存在？因為在中國傳統秩序下，現實中不存在普遍正義。但是「俠」沒有現實基礎，變成了高度理想性的存在，也是一種高度曖昧性的概念。及至近代，為何武俠小說會蓬勃發展？相當程度上在於社會現代化後，宗族系統及國家體制不斷遭受打擊，維持表面正義的傳統秩序瓦解、崩潰了，這個時候人們該如何應對？那就唯有逃避，或是想像一個有正義和新秩序存在的特殊世界。

如此正義凜然的世界，為何那麼迷人？因為它與現實之間有距離，或者說，因為它非現實。太史公〈游俠列傳〉、〈刺客列傳〉筆下，郭解、朱家、荊軻之輩仍然是現實裡的人；及至後來，到了唐代，這些俠客、劍客走進了傳奇裡，幾乎是魔幻寫實的存在；再至晚清，出現章回小說《三俠五義》，成了極為特殊的分水嶺。

《三俠五義》的故事主軸環繞在宋朝開封府，一群以展昭為首的俠客，輔佐開封府尹包拯懲奸除惡，對抗各種邪惡力量。《三俠五義》之前，明代《包公案》是專講斷案情節的公案小說，包公秉公執法、為民除害的形象透過民間說書深植人心；

《三俠五義》之後，傳統小說漸漸分出另一條路線，俠義與公案的主題開始分流。被金聖歎評為六才子書之一的《水滸傳》，或許可以讓我們追本溯源，分析《三俠五義》成為武俠小說濫觴之因。

《水滸傳》描述的是宋江等一百零八條好漢被「逼上梁山」，小說圍繞著官逼民反、朝廷招安等故事線索，絕非一部純粹的武俠小說。許多人將武俠小說的源頭推前至《水滸傳》，但《水滸傳》與武俠小說之間仍然存在巨大的差距。梁山泊故事最精彩之處，在於奸邪陷害忠良，致使好漢命運乖舛，只有上梁山一途能安身立命。「逼上梁山」才是《水滸傳》的敘事主軸。

「官逼民反」顯露出當時的社會現實，意味著小說家刻意諷刺時政，這些好漢之所以落草為寇，完全是受權貴陷害之故。這一百零八人名為盜賊，實際上是起義造反，他們是不公義社會及制度下的產物。貪官汙吏始終在旁虎視眈眈，只有上梁山才能保全性命，至少能在朝廷以外的世界做豪傑，成為盜賊並不是他們的過錯。

不過，等到這群豪傑全都聚集起來，原寨主晁蓋中箭而亡，宋江繼為山寨之主，把議事的聚義廳改為「忠義堂」，一百零八個梁山泊英雄也按照「天罡地煞」排了名次，故事發展至此，就遇到一個棘手難題：然後呢？接下來這些英雄該當如何？他們在梁山上聚義，斬殺地方惡霸與無良官僚，已然走到了情節高潮，似乎只要繼續待在梁山，就能一路完成劫富濟貧、懲奸除惡的使命。

然而，《水滸傳》這部小說存在著「道德危機」（moral crisis）。這些豪傑身上都背負著仇恨，如武松、林沖、宋江、魯智深等人，在落草為寇之前都經歷了一段悲慘遭遇，他們奔上梁山有著正義性和正當性的理由。但等到他們成為一方霸主（或說盜匪），之後的故事又該怎麼鋪陳？施耐庵只能另闢蹊徑，而且只能往兩條路走。一條就是打官軍，朝廷派重兵收剿梁山泊草寇，宋江十面埋伏團團圍困天子重兵，五次打敗官家軍隊。仗打贏了，這些綠林好漢不可能取朝廷而代之，最後只剩下另外一條路，就是被招安，實現宋江等人「替天行道」、「忠義雙全」，返回正道重新效忠朝廷。

作者一反原先套路，小說敘事變成著重在「招安」主軸。朝廷招撫之後就一切太平了嗎？梁山泊豪傑就成為良民了嗎？作者便安排眾義士去做一番轟轟烈烈之事，他們四處征戰，討伐遼國、平定方臘等等，然後勝利歸來。但小說最後的結局並不圓滿，大部分梁山好漢在征途折損，倖存回京的，如宋江被奸臣高俅設毒計害死。於是誕生了清初陳忱的《水滸後傳》，讓倖存的好漢及他們的後代順著「官逼民反」這條路數再度起義，奮勇抗金。

從《水滸傳》的敘事主軸，可以看出近世中國的問題，也就是宋代以降，即使是想像、虛構的作品，都不存在抵抗國家勢力的空間，亦即民間組織永遠不可能挑戰朝廷權威。《水滸傳》諷刺時政，因為朝廷與官場太過腐敗，於是想像出一群英雄去對抗極權，但是小說最後終究不能順著「反抗朝廷」的思路發展下去。這是無法違逆的社會現實，所謂「忠義雙全」，必須建構在效忠天子的觀念下，不可能逃離國家體制。

在傳統社會的約束下，小說家想像「官逼民反」的世界，其實是基於對素樸正義的需要。發展到後來，為了在虛構世界中發洩對素樸正義的需求，《三俠五義》於是集合了兩種路數。第一個路數是包青天所代表的力量，官府衙門可以替天行道，為民除害，對抗貪官汙吏。開封府衙最懾人的那三口鍘刀——龍頭鍘、虎頭鍘及狗頭鍘，其中龍頭鍘專鍘皇親國戚，象徵最素樸的正義感。皇親國戚正是阻礙社會普遍正義存在的關鍵，而包拯傳奇在這點上彰顯出最大的意義。

在《三俠五義》中，除了包拯之外，幾位俠客的存在是第二條路數。俠客在虛構世界中天賦異稟，才能幫助包拯辦案，這種敘事方式同樣反映出近世社會的基本結構。自《包公案》之後，公案小說從俠義故事中分途而出，清朝陸續出現《施公案》、《彭公案》，小說主軸都是以官府力量來主持正義。但是清朝公案小說每況愈下，因為小說的虛構世界很難抵抗社會現實，地方官府打擊皇親貴冑的現實性越來越難以維持下去。

公案小說有難以跨越的現實性門檻，反觀俠義小說一路發展至近代，成為武俠小說的起源。兩者之間的差距何在？公案小說的無以為繼，就因為它涉及現實中朝廷的權力，小說的虛構空間就受到局限。公案小說無法突破社會現實，俠義小說因而晉升為主流。「俠」要進入現實世界，那就必須如太史公所記載的那種「游俠」，必然要游離於國家體制之外，游離於宗族組織之外。從這個角度看，俠具備了雙重的游離性。

近代武俠小說崛起於混亂世局之中，舊有的社會結構及正義秩序瓦解，武俠小說才能舉起正義大旗，迎合讀者需要。只是當小說家將「俠」描述到無所不能時，「俠」就非得與現實脫節；一旦在虛構世界融入現實性，「俠」就會失去可信度。武俠小說之所以吸引讀者目光，就在於小說家所設下的誘餌——江湖、武林——自成一獨立世界，這個虛構世界與真實社會不再交錯，兩者之間幾乎形成絕然的壁壘。

換言之，在現實社會結構中，朝廷權勢如此強大，宗族系統如此不可違逆，而「游俠」既不在國家體制之下，也不屬於親族系統，他們活在一個特殊空間，自有另外一套秩序。但他們也隨時準備為義捨生，或是不斷逃亡，這是他們必須付出的代價。

12 俠與自由

從西方思維來看，人為何想要從國家或親族系統游離出來，不難理解；譬如黃藥師支持楊過反禮教，西方人會認為理所當然，人不一定非要受到傳統社會的規範所約束，脫離國家、宗族系統，是為了追求自由，成為一個自由人。從這點可以反思一個問題：在金庸小說中，自由重要嗎？

金庸小說其實很少探討自由，金庸筆下的俠士不以追求自由為人生目的，相對地，這些「俠」最突出之處非但不是追求自由，反而是如何選擇「拋卻自由」。舉例來說，郭靖為何成為大英雄？因為他有機會選擇自由，卻拘束在國家大義的道理之下，無論是黃蓉或華箏，都無法撼動他的抉擇。在攻破撒馬爾罕城、活捉完顏洪烈後，縱使郭靖想藉此退婚，跟黃蓉雙宿雙棲，但面對成吉思汗的屠城令，他還是以百姓安危為上，公眾之事仍是他的優先考慮。他最後選擇的都不是自由，有更重要的事凌駕在個人自由之上。這就是「俠」。

俠士精神不崇尚自由，他們心中永遠都有公義，所以太史公筆下的游俠如郭解、朱家，他們的存在有其矛盾。他們雖然從國家、宗族系統中游離出來，但他們毫無自由。他們為了追求正義捨棄個人身分，而轉變為「俠」，成為亡命之徒。以正義為名，他們仍必須吸引一批追隨者，以正義為師，他們組織、凝聚起一股力量。

換言之，離開了國家、宗族，「俠」進入到非國家、非宗族的另類組織裡。也就是說，「俠」從一個集體空間游離出去，活在另一個平行的集體空間。

江湖幫派極其重要，幾乎每一個「俠」都有其師承來歷。即使像張無忌後來成為明教教主，金庸鋪陳他的身世時，仍然強調他源自武當派一脈。不過，金庸筆下仍有少數幾個俠以獨特方式闖蕩武林，譬如楊過，他重私情甚於公義，與郭靖迥異。此外，我為什麼特別強調《鹿鼎記》的文學成就？因為金庸終於寫出了一個追求自由的俠，韋小寶完全置身於國家大義之外。《笑傲江湖》的令狐冲則是另一個典型。

楊過還不算是個自由人，他仍然有古墓派、小龍女等羈絆。武林是以集體邏輯為架構，俠客行走於江湖，基本上是被劃入集體範疇裡，是被制約的。從最上一層來看，譬如漢人與外族之分，如金輪法王、尼摩星等都是非我族類，不可能得到中原人的認同；又如紅花會與天地會的使命，與漢人集體的認同密切相關。往下一個層次，就是不同的武林派別，每一個門派都以自身的集體性為理所當然，門下子弟各自遵循著自家法度。門派有所謂「陣法」，例如全真教的「天罡北斗陣」、恆山派的「恆山劍陣」，要以集體力量保護自家門派。

綜上所述，武俠小說一直存在著一個大主題，一旦意識到這個大主題，讀者自然而然就會進入到武俠情境中，那就是滅幫或滅派的危機。例如《神鵰俠侶》〈內憂外患〉那一回，寫到全真五子一起閉關，就是為了防範古墓派來尋仇：

原來那日大勝關英雄大會，小龍女與楊過出手氣走金輪法王師徒，武功精絕，郝大通、孫不二和尹趙二道都親眼得見。何況楊過在郭靖書房之中，手不動、足不抬，便制得趙志敬狼狽不堪，後來小龍女只一招之間，便將趙志敬震得重傷。他二人使何手法，孫不二雖在近旁，竟然便看不明白，倒似全真派的武功在古墓派手下全然不堪一擊，思之實足心驚。後來又聽說小龍女和楊過雙劍合璧，將金輪法王殺得大敗虧輸，全真派上下更是大為震動。全真諸子想起郝大通失手傷了孫婆婆的性命，李莫愁、小龍女、楊過等人總有

> 一日會來終南山尋仇。……古墓派上山尋仇之時，倘若全真五子尚在人間，還可抵擋得一陣，但如小龍女等十年後再來，那時號稱天下武學正宗的全真派非一敗塗地不可。因此五人決定閉關靜修，要鑽研一門厲害武功出來和古墓派相抗，是以趕召尹志平回山接任掌教。

這段小說情節合情合理，全真派一定要保全自身團體的利益及存續，這是江湖幫派的普遍現象。各門各派都有其尊嚴，不容師門受到其他幫派的欺凌羞辱，誰做出「有辱師門」之事，便是犯了武林大忌。

金庸筆下描繪的江湖組織大致依循著傳統價值觀，當然是不自由的。此外，金庸小說也會涉及種族意識。作為中原漢人，必然與邊境民族，尤其是入侵外族在民族認同上有所衝突。這種衝突完全不是個人所能選擇的，你生來是漢人，就必須站在漢人的立場上思考。《天龍八部》中蕭峯的英雄悲劇，就是最深痛的例證。

這種民族認同上的歸屬感，及至金庸最後一部小說《鹿鼎記》，才有了截然不同的發展。同樣是反清復明，《書劍恩仇錄》中的陳家洛作為紅花會掌舵，始終不忘恢復漢人大統；但到了《鹿鼎記》中的韋小寶，他雖然是天地會中人，卻遊走在對立的朝野兩方，只要百姓有好日子過，漢人滿人誰當家都好。

在我看來，武俠小說或許很難找到一個明確的起點，但明確終結於金庸的《鹿鼎記》。一個原因是，金庸寫完了《鹿鼎記》，武俠小說傳統的邊界幾乎都被他探索過了；另一個原因，則是傳統的「俠」文化難以定義在韋小寶身上，也走到了一個曖昧的終點。

13 《俠隱》《城邦暴力團》：另一個武俠的黃昏末日

在金庸之後，依然有人持續創作武俠小說，其中也不乏佳作，只是再難超越。不過，有兩部作品特別值得提及，就是張大春的《城邦暴力團》及張北海的《俠隱》。這兩部小說雖然從各方面來看都不太一樣，但兩位作者共同都有一種清楚的意識，認知從文學史的角度看，武俠小說已經結束了。

二〇一八年，姜文改編張北海《俠隱》所拍的電影《邪不壓正》上映，小說《俠隱》的知名度隨之提升。只是姜文拍的電影和張北海寫的小說，不是同一回事。

書名叫做《俠隱》，這是來自當時北京小報上，有一個寫打油詩叫做「將近酒仙」的人，給小說裡的李天然取的一個外號。不過稍微認真想一下，就知道這個外號取得不對勁。因為按照中文邏輯，稱呼一個人應該叫他「隱俠」，而不會叫「俠隱」。顯然張北海選擇「俠隱」二字另有寓意。

說白了，「俠隱」就是俠不見了。俠沒有了，因為武俠沒有了。過去的武俠小說，「俠」與「武」——也就是過人的武功——是一而二、二而一，密不可分的。沒有武功還能叫做「俠」嗎？金庸在《鹿鼎記》裡大膽挑釁了武俠的基本定義，寫出了一個沒有真功夫、專門靠著滿口胡言唬人來闖蕩江湖的韋小寶，讓韋小寶成為武俠小說的主角。這是金庸了不起的成就，在武俠小說史上可說空前絕後。不過即使如此，我的很多朋友還是不太能夠接受韋小寶能被稱為「俠」吧，畢竟這部小說裡其他的角色大部分都是身懷武技的。

張北海在《俠隱》中才當真寫出了武俠的黃昏末日，小說裡幾乎所有身懷武功的人，最後都不是死於武藝之下。故事的核心是太行山莊滅門血案，但小說一直到快一百頁，才以李天然對師叔追憶的方式呈現。李天然的回憶是：

第一槍打中了師父，就在我對桌，子彈穿進他的額頭，眼睛上邊，一槍就死了，緊接著十來槍，從我後邊窗戶那兒打了過來，我們沒人來得及起身，師母倒了，丹心倒了，丹青也倒了，我也倒了……

一家五口沒有人來得及起身，也就沒有人來得及使上武功。這樣的仇究竟該怎麼報呢？到了最後時刻來臨前，藍青峰說了重話，告誡李天然：「你是想證明你比你大師兄厲害，武功比他高，還是想把他給幹掉，給你師父一家報仇？」這兩者關鍵的差別就在於，到底用槍還是不用槍。李天然不願承諾要用槍，藍青峰就提醒他：「你忘了你師父一家是怎麼給打死的？現在不用那把『四五』，那你可真是白在美國學了那手好槍。」

是啊，死去的前太行派掌門和倖存下來報仇的現任太行派掌門，兩人的差別就是一個不會、可能也不屑用槍，而另一個就算仍然不屑用槍、卻還是不能不精通槍法，才會有這麼一段報仇戲，還要面對到底要不要用槍，應該用什麼方法來取仇人性命的問題。蓋世武功，抵不過飛來射穿額頭的子彈，就這麼現實，就這麼殘酷。

俠之所以不見了，張北海的《俠隱》還寫出了另外一個理由，那就是俠賴以活動的江湖、武林也消失了，這不是任何一個俠能抵擋的。

武俠小說最迷人的地方，就在於寫出了和現實世界平行存在的江湖、武林，在那裡，人間事的輕重緩急有了不同的標準。最重、最急的，在集體層次，莫過於武林存亡，或是盟主寶座歸屬問題；在個體層次，則莫過於師門興衰、決鬥勝負，以及有恩報恩、有仇報仇。

《俠隱》裡的故事主軸，順著原來武俠小說的慣例，有太行派的滅門事件，引發唯一的倖存者李天然要從美國回到當時的北平尋仇報復。而小說最先出現和報仇有關的是一張圓臉，一個日本人的圓臉。自此開始，《俠隱》就不再是單純的武俠小說了，它變成了歷史小說，牽扯出一九三六年老北平的複雜局勢。

這段歷史，正是過去現代史教育中說得最含混不清的一段。簡言之，就是一九三一年日本佔領東北之後，持續對華北展開軟硬兼施的侵略，除了派軍隊不斷南下迫近北平外，同時扶持了各種勢力與國民政府對抗，積極地在北平佈置軍事情報人員。

這個時候，南京政府明顯採取對日妥協的態度。一方面，由張自忠帶領二十九軍防衛北平；另一方面，由宋哲元和日本人合作，實質上成立一個共同政府來管理華北。蔣介石選擇將華北放在日本人立即佔領的威脅之下，而將主要的軍力用於「剿匪」。

李天然的仇人之一，是和關東軍有關係的日本人，另一個仇人則是原來的同門大師兄朱潛龍。滅門案發生六年之後，朱潛龍已經成為北平員警便衣組組長，隨著日軍進城，接著又升職為偵緝隊隊長。

別說要報仇，光是要找到仇人，李天然就非得涉入這異常複雜的情勢不可，家恨與國仇纏捲在一起，還纏捲得越來越緊。到最後，對朱潛龍的報仇，變成了同時替國民政府暗殺漢奸的行動，得到了和二十九軍與藍衣社有關係的藍青峰的協助。李天然成了一個不情不願的歷史角色，想要將自己的行動保持為單純的報仇都不可能，甚至失去了自己選擇報仇地點和方式的自由。

這當然就不是傳統觀念的武俠了，而是什麼呢？是現實。國家、政府、軍隊，更不要說方方面面的社會力量，在此時的北平交錯混雜，彼此干擾，形成教人無所逃於其外的現實。這就是現代生活，不像傳統的江湖，有那麼多的空隙可以讓人居停轉走。如此高密度的現代現實，還能想像江湖、武林存在的可能嗎？張北海感慨無奈，搖搖頭像是說：不可能了，最後的江湖、武林要消失了，俠當然也就只能跟著消失了。

貫穿張北海小說《俠隱》的關鍵字，就是「最後」二字。張北海刻意將小說的時代背景放在一九三六到一九三七年，寫出了最後的北平。雖然嚴格說「北平」這個名字還繼續存在，直到一九四九年才由新建立的中華人民共和國取消而改回「北京」；不過對真正的老北平人來說，一九三七年爆發「盧溝橋事變」，日本軍進城後，北平就不再是北平了。

民國時期的北平，和之前及之後的北京，最大的差別就在於——這座城市是新舊巧妙的雜陳混合。它不單只是一個過渡，所有舊的歷史性元素都還生機盎然地活著，而且和所有新的外來元素毫不扞格地並存，創造了既熱鬧又舒適的城市日常社會。

沒有什麼比小說《俠隱》一開場出現的馬凱醫生，更足以代表這樣的北平了。馬凱醫生是北平特有的那一類外國人，上海、天津都少見：

他在洛杉磯加州大學醫學院剛實習完畢，就和新婚夫人依麗莎白來到北京，剛好趕上中華民國成立。後來凡是有生人問他來北京多久了，他就微微一笑：「民國幾年，我就來了幾年。」

算算這是民國二十五年，這位馬凱醫生在北京（北平）過了四分之一世紀的時間了。他說的是京腔，住的是四合院，對中國事物的瞭解讓他足以介入江湖；但同時，他開著黑福特回家，回到家之後，習慣喝上一杯威士卡。老北平就是這樣能夠讓馬凱醫生安居，忘掉了自己從美國來的地方。

但日本人進城之後，這個條件徹底消失了。即使經歷了八年抗戰，一九四五年國民政府還都，那個曾經既傳統又現代、既中又洋的北平也回不來了。更何況沒有多久，內戰爆發，北平又染上了前線的緊張氣氛，要如何恢復昔日安定的日常呢？

張北海動用自己年少的記憶，加上許多的搜羅考證，他要趁一切都來不及之前，把老北平給留下來。在這方面，《俠隱》實質上是一本生活史，裡面充滿了日常細節，可以穿越時空，神奇地凝視那一個歷史的片段。

王德威教授為這本小說寫過一篇文章〈夢回北京〉，他這樣說：

細心的讀者不難發現，張的主角回到北京，由秋初到盛夏，度過四時節令，遍歷衣食住行的細節。為了營造敘事的寫實氣氛，張顯然參照了大量資料，自地圖至小報畫報、掌故方志，巨細無遺。他的角色特別能逛街走路。他們穿街入巷，乾麵胡同、煙袋胡同、前拐胡同、西總布胡同、月牙兒胡同、王駙馬胡同、東單、西四、王府井、哈德門、廠甸、前門……所到之處，舊京風味，無不排撻而來。

小說結尾的最後一章，李天然醒來，聽見夏蟬尖尖在叫，起床喝了一杯冰橘汁。這是一九三七年改變中國歷史的盛夏。回頭查看小說開頭第一章，李天然坐上馬凱接他的黑福特車，是寶石藍的九月天。這當然是張北海的仔細設計，故意讓小說發生的所有情節分散在一年之中。

十月十五日，李天然去了圓明園廢墟，一個月後下雨的深秋，他和師叔燒掉了一座倉庫。再一個月發生西安事變的時候，他偷走了狂妄日本人的武士刀。冬至時他發現了東娘，臘八那一天他對巧紅告白了他的身世。過完年，春分日，他借著還刀，廢了日本人的手臂。然後五月節，師叔在屋頂中了槍。

為什麼要將事件發生的時間寫得這麼精確？因為張北海的重點不只在寫情節，更在利用這些情節寫老北平的四季，每個季節都有它相應的景色、節氣、儀式，還有相應的活動與實物。所以李天然回到中國為師父報仇的故事，非得剛剛好花上一年的時間不可。《俠隱》在敘事的過程中，順便給了我們老北平的四季實錄。

藉著《俠隱》，張北海也寫了最後的武俠小說。當然不是說《俠隱》之後，就沒有人可以再寫武俠小說，而是張北海探索了武俠小說成立的條件，明確地主張隨著老北平的消失，「武俠」這回事也就沒有了可以著落的時代背景。現代科技迫使武功無效，而現代社會的生活組構，又使得江湖、武林無法在現實之外存在，俠也就非隱不可，不會在之後的時空出現了。

極有意思的是，幾乎就在張北海寫《俠隱》的同時，張大春也在寫他自己最後的武俠小說《城邦暴力團》。兩個人並沒有商量討論，雖然他們兩人認識多年，他們都選擇了用武俠小說來探索「武俠」如何結束。

《城邦暴力團》將武俠寫到了二十世紀八〇年代的臺灣，也就是將武俠小說終結的這個時間點，設定得比《俠隱》晚了近半個世紀。從這個角度看，張大春也就提出了《俠隱》之後「武俠」如何可能的觀念，無形中回應了張北海提出的書寫挑戰。《城邦暴力團》是一部大小說，有興趣的讀者可以對照著讀《俠隱》和《城邦暴力團》。

抵擋不了子彈的武功，對於最後即將隱去的俠來說，還有什麼用處呢？在小說《俠隱》中，李天然的武功最後都用在對付日本人了，也就是說，至少似乎有著維護民族尊嚴的作用。一直到武俠徹底消失之前，中國人的武功始終沒有讓日本人追上。

武功另一項更普遍的用處，是讓李天然動不動就跳上屋頂，不受平面空間的限制，在老北平愛去哪裡就去哪裡。王德威說，這部小說裡的人物特別喜歡穿街走巷，而且他們常常不是真的穿、真的走，而是跳、飛、躍，從不同的角度看這座即將消失的老北平城。

那樣躍著、飛著、跳著，從這個屋頂輕鬆到那個屋頂，從這個院落進到那個院落的，已經不是李天然了，而是憑著記憶與夢回到了老北平、從記憶與夢的高度俯瞰老北平的張北海。

流轉江湖：金庸奇俠的異想世界 / 楊照著. --
初版. --臺北市：遠流, 2024.05
面；　公分--（金庸的武林；2）
ISBN 978-626-361-490-1(平裝)

1.CST：金庸 2.CST：武俠小說 3.CST：文學評論

857.9　　113000919

金庸的武林 2

流轉江湖

金庸奇俠的異想世界

作者 / 楊照
封面繪圖 / 李志清

副總編輯 / 鄭祥琳
特約校閱 / 江秉憲
美術設計 / 張巖
排版 / 連紫吟、曹任華
行銷企劃 / 廖宏霖
出版一部總編輯暨總監 / 王明雪

發行人 / 王榮文
出版發行 / 遠流出版事業股份有限公司
地址 / 104005 臺北市中山北路一段11號13樓
電話 / (02)2571-0297　傳真 / (02)2571-0197　郵撥 / 0189456-1
著作權顧問 / 蕭雄淋律師

2024年5月10日 初版一刷
定價 / 新臺幣380元 (缺頁或破損的書，請寄回更換)
有著作權・侵害必究　Printed in Taiwan
ISBN 978-626-361-490-1

遠流博識網　http://www.ylib.com　E-mail: ylib@ylib.com
金庸茶館粉絲團 https://www.facebook.com/jinyongteahouse